LIOR

DER WEG
NACH HAUSE

von

VIKTORIA NERGIZ

VIKTORIA NERGIZ

Viktoria Nergiz wurde im Erzbistum Paderborn geboren und lebt dort mit ihrem Mann und ihren zwei Töchtern. Ihre Freizeit verbringt sie am liebsten mit ihrer Familie, sei es in Fußballstadien, auf Städtereisen oder in gemütlichen Cafés. Manchmal sieht man sie gegenüber dem Paderborner Dom sitzen, wo sie mit einem Notizbuch in der Hand ihre Gedanken festhält. Ihre Leidenschaft fürs Schreiben wurde beflügelt, als sie bei Lesungen ihres Debütromans *»Talvis Weihnachten – Keine Geschenke und doch so viele«* erlebte, wie wichtig es ist, Kindern etwas Wertvolles mit auf den Weg zu geben. Diese Erkenntnis floss auch in ihr neues Buch *»Lior – Der Weg nach Hause«* ein, mit dem sie ihre kreative Reise fortsetzt.

 veni.vidi.scripsi    www.viktorianergiz.com

 info@viktorianergiz.com

Für meine Töchter Noëlia und Eléni
und meinen Ehemann.
Eure Liebe ist mein Zuhause.

Und für alle Menschen,
die ihren Weg nach Hause suchen.

Verlag:
BoD · Books on Demand GmbH, In de Tarpen 42,
22848 Norderstedt, bod@bod.de

Druck:
Libri Plureos GmbH, Friedensallee 273, 22763 Hamburg

ISBN: 978-3-7597-8435-3

Bibiliografische Information der Deutschen Nationalbibliothek:
Die Deutschen Nationalbibliothek verzeichnet diese Publikation in
der Deutschen Nationalbibliografie; detaillierte bibliografische Daten
sind im Internet über dnb.dnb.de abrufbar.

SOLANGE EIN MENSCH HOFFNUNG BESITZT,
ERSCHAFFT ER AUCH DORT LICHT,
WO ES DUNKEL IST.

Kapitel 1

EIN KALTER ABSCHIED

Ein strahlend blauer Himmel und buntes Laub an Bäumen, das im Sonnenlicht golden funkelte. Die Blätter hielten sich noch sicher an ihren Ästen fest und verzierten mit ihren Herbstfarben alles Triste um sie herum. Nur ein einziges Blatt sah Lior mit dem Wind umherwehen und ihr tanzend entgegenfliegen, bis es sich schließlich in ihren Haaren verfing. Vorsichtig wollte sie das gelb leuchtende Laub aus ihrem geflochtenen Zopf befreien, als ein Windstoß es bereits wieder auf die Reise schickte. Ein wahrlich schöner Tag für all diejenigen, die heute mit dem Glück gesegnet waren, sich darüber freuen zu können. Lior – gehörte nicht dazu. Eine dichte dunkle Wolke, die niemand außer ihr sehen konnte, überschattete diesen frühen Septembermorgen. Am helllichten Tag, und als wollte die Sonne heute noch einmal ihre wohltuende Wärme spenden, ehe sie sich bald schon zurückziehen würde, schien Lior inmitten von Dunkelheit zu stehen. Verzweifelt suchte sie nach einem Ausweg – nach etwas Licht. Doch auch wie die Blätter bald vom Baum fallen würden, blieb ihr nichts anderes übrig, als loszulassen. Aber nicht tanzend wie das Herbstblatt, sondern wehmütig wehten ihre Gedanken nun umher. *Wo wird meine Reise hinführen?*

Und während sie sich dies fragte, stellte sich eine junge Familie neben ihr an den Bahnsteig. Die Kinder freuten sich dem Anschein nach auf die bevorstehende Fahrt und zeigten aufgeregt auf den einfahrenden Zug. Liors Herz dagegen fühlte sich gebrochen an und schrie lautstark, wenn auch nur innerlich. Doch wenn weder ein noch so leiser Ton zu hören ist und nicht mal eine einzige Träne fließt, dann ist der Schmerz für den Leidenden umso unerträglicher. So erging es Lior. Sie wollte ja weinen, doch gab es keine Schulter, an die sie sich hätte lehnen können. Lior wollte auch schreien, aber wer würde ihr zuhören? Es fühlte sich an, als wären all ihre Tränen aufgebraucht, ihr Körper vor Kummer erstarrt und ihre Stimme verstummt. Das Herz in ihrer Brust schlug so schnell und laut, dass es selbst den Lärm der vielen Menschen und das Trillern der Pfeifen um sie herum übertönte. Aber niemand außer ihr hörte das Pochen in ihrer Brust. Lior glaubte, dass auch niemand ahnte, welch große Sorgen sie sich machte. Nicht mal die Person, die ihr gegenüberstand und sie nun in diesen Zug setzte. *Ist es so einfach, mich wegzuschicken?* Große Angst besetzte in diesem Moment Liors Körper so schwer wie Blei. Sie sah die Person vor sich an und begriff jetzt, wie furchtbar einsam sie doch war …

Von jemandem allein gelassen zu werden – der einem Menschen eigentlich die Welt bedeuten sollte –, ist eine bitterliche und schmerzliche Erkenntnis.

Enttäuscht wurde Lior jedoch nicht von jemandem, der für sie entbehrlich wäre. Und es war auch nicht der Tod, der diese Hiobsbotschaft – verlassen zu werden – an diesem traurigen Tag rechtfertigen würde. Nein, Liors Mutter lebte, selbst wenn jegliches Glück in ihr scheinbar gestorben war.

Und selbst wenn sich Mutter in gewissen Situationen bemüht hatte, ihre Mundwinkel zu einem Lächeln zu formen, blieben ihre Augen dennoch ganz leer. Lior vermutete, dass andere dies nicht auf Anhieb erkannten, doch für sie blieb die Trostlosigkeit in ihrem Blick nicht verborgen.

Lior sah Mutter an. Ihre blonden Haare waren so wie immer perfekt frisiert, ihre Kleidung elegant in Schwarz, und ihren Perlenschmuck um den Hals legte Mutter auch heute nicht ab. Sie war von recht großer Statur und stand stets mit geradem Rücken und zurückgezogenen Schultern vor ihr. Aber daran lag es ganz gewiss nicht, dass sie so unerreichbar wirkte. Im Vergleich zu ihr sah Lior ganz anders aus. Ihre dunklen Haare trug sie gerne offen oder zu zwei Zöpfen geflochten. Die blauen Augen von Papa, die tiefen Grübchen, wenn sie lachte, und die Sommersprossen im Gesicht zeigten keinerlei Ähnlichkeit mit ihrer Mutter. Aber für Lior gab es viel mehr als Äußerlichkeiten, die sie von ihr unterschieden.

»Steig erst aus, wenn der Lokführer die Fahrt als beendet ankündigt«, begann Mutter, die Lior in den letzten Jahren beinahe fremd geworden war, zu sprechen. »Sie erwartet dich am Bahnsteig der letzten Station. Ich werde ein Telegramm erhalten, sobald du dort angekommen bist.« Mit zitternder Hand reichte sie Lior ein großes Blatt Papier. Ohne sie dabei anzusehen, fuhr sie fort. »Denk daran, du musst den Zettel sichtbar hochhalten, wenn du aussteigst. Sonst wird sie nicht wissen, dass du es bist.«

Mutter schluckte, als hätte sie einen Kloß im Hals. Lior hörte nun auch das Zittern in Mutters Stimme und starrte anschließend auf das Papier mit ihrem Namen darauf. Sie fühlte sich unfähig, darauf zu reagieren. Langsam hob sie ihren Blick und sah Mutter auch diesmal nur schweigend an. Diese senkte ihren jedoch sogleich zu Boden und sprach weiter.

»Das ist das Beste für dich.« Zögerlich fügte sie noch hinzu: »Ich bin ganz sicher, dass es dort besser sein wird.«

Dass dieses Ereignis tatsächlich geschehen könnte, hatte Lior bereits befürchtet, als ihre Oma immer schwächer wurde und ihre verbleibenden Tage absehbar waren. Seit ihr Papa nicht mehr lebte, war es ja nur noch ihre Oma, die sich um Lior gekümmert hatte. Mutter dagegen sah sich dazu nicht mehr in der Lage und verbrachte die meiste Zeit nur noch in Kliniken, um sich von ihrem Zustand zu erholen. Selbst ihrer Arbeit im Krankenhaus ging sie mittlerweile seit einigen Jahren nicht mehr nach. Und obwohl es Lior bewusst gewesen war, dass Mutter sich vermutlich nie von Papas Tod erholen würde und ebenso wenig ihren Pflichten der Fürsorge nachgehen könnte, war die Entscheidung, das eigene Kind wegzugeben, das Schlimmste, was man Lior hätte antun können.

»Ich komme dich besuchen, sobald ich hier alles geklärt habe«, versicherte Mutter, und kaum hatte sie diese letzten Worte ausgesprochen, ertönten erneut die Trillerpfeifen. »Türen schließen!«, rief ein Mann ganz laut, als sie sich auch schon von Lior abgewendet hatte und hastig aus dem Zug gestiegen war. Keine Umarmung, kein Kuss, keine einzige Berührung. Als würde Mutter sicherlich gleich wieder einsteigen, um Lior zu sagen, dass alles wieder gut wird und dass sie sich keine Sorgen zu machen brauchte, schaute Lior ihr hoffnungsvoll nach. Doch weder öffneten sich wieder die Türen, noch hörte sie ein tröstendes Wort. Das Einzige, was blieb, war nur ein kalter Abschied.

Eigentlich nichts Ungewöhnliches für Lior, die diese Kälte schon kannte. Selbst dann schon, als ihr Papa noch lebte, war Mutter häufig weit entfernt davon gewesen, Emotionen zu offenbaren. So fragte sich Lior oft, ob es vielleicht daran lag, dass Mutter täglich so viel Leid im Krankenhaus gesehen und miterlebt hatte. *Konnte Mutter deswegen nicht für mich da sein?* Mit diesen Gedanken, einem kleinen Koffer und dem eingerollten Papier in der Hand fuhr der Zug jetzt los. Während draußen viele Menschen ihren Liebsten, Freunden und Bekannten zuwinkten, war niemand mehr da, der Lior eine gute Reise wünschte. Mutter war fort.

»Sie hat nicht mal versucht, mich bei ihr zu behalten«, sprach Lior leise zu sich selbst, als sie ihr trauriges Spiegelbild in der Fensterscheibe erkannte. Lior zitterte. An diesem milden Herbsttag konnte es gewiss keine Kälte sein, die sie frieren ließ, sondern die unbeschreiblich große Enttäuschung, die sie wohl nie mehr würde vergessen können. Lior erinnerte sich an Papas Worte:

Das, was im Leben bleibt, sind Erinnerungen, die wir hinterlassen.

Draußen rasten die Bäume und Häuser an ihr vorbei, als würde Lior ihr eigenes Leben vorbeiziehen sehen. Lior spürte, wie eine warme Träne über ihre Wange herunterlief, und versuchte sogleich, weitere zu verdrängen. Mit aller Mühe rief sie sich die schönen Erinnerungen an ihren Papa und an ihre Oma hervor, die Lior in dieser Situation aber nur für einen unscheinbaren Moment etwas Trost schenken konnten. Ihre Oma war gerade erst wenige Monate im Himmel, und Liors Leben fuhr bereits mit diesem Zug in eine ungewisse Richtung, die ihr höllische Angst machte. Sie betrachtete gedankenverloren ihr trauriges Gesicht in der Glasscheibe, bis ihre schweren und müden Augen zufielen.

»Bitte aussteigen! Die Zugfahrt endet hier!« Als die laute Stimme durch die Gänge hallte, zuckte Lior vor Schreck zusammen. Vor Müdigkeit benommen, blieb sie sitzen und sah besorgt aus dem Fenster. Draußen waren viele Reisende unterwegs, die eilig hin- und herliefen. Viele von ihnen wurden empfangen und umarmt. Einige bekamen sogar Blumen. Liors Blick fiel auf ein Geschäft, welches jetzt schon weihnachtlich dekoriert war. *Lumis Bücherwelt* stand in großen Buchstaben auf einem grün-rot verzierten Metallschild. Sie war irritiert, schließlich waren es noch ganze drei Monate bis zum Fest. Weiter auf ihrem Platz sitzend, beobachtete sie das Geschehen um sie herum. In all dem Trubel fiel ihr ein junger Mann mit einem Notizbuch in seinen Händen auf, der durch den Gang in ihre Richtung rannte und schließlich dabei ihren Koffer umstieß. Er machte ein paar Schritte zurück und stellte ihr Gepäck wieder auf.

»Ich bitte um Verzeihung«, rief er, sah sie dabei lächelnd an und sprang auch schon im nächsten Moment aus dem Zug. Sie sah, wie er das sonderbare Geschäft betrat und zeitgleich Kunden mit verpackten Geschenken den Laden verließen.

Nun sah sich Lior das Schaufenster genauer an, und aus der Ferne erkannte sie viele Bücher und Spielwaren darin. *Warum konnte das, was ich heute erleben muss, nicht eine von den Geschichten aus den vielen Büchern sein, die ich abends immer in meinem Zimmer gelesen habe?*

Sie schaute um sich. Jetzt war niemand mehr im Zug, und auch Lior musste nun aussteigen. Beunruhigt stand sie von ihrem Platz auf, doch bevor sie den ersten Schritt nach draußen setzte, rollte sie, wie von Mutter aufgetragen, den Zettel mit ihrem Namen aus und klammerte sich gedanklich an die Worte ihres Vaters:

Solange ein Mensch Hoffnung besitzt, erschafft er auch dort Licht, wo es dunkel ist.

»Und Lior bedeutet Licht«, sprach sie sich ermutigend zu. So mutig, wie nur ein Kind voller Angst es in diesem Moment tun konnte.

Kapitel 2

EIN KOFFER VOLLER MUT

D as Trillern und Pfeifen an den Bahnschienen signalisierte, dass die Türen des Zuges sich gleich schließen würden. Lior stieg gerade rechtzeitig aus, stellte ihren Koffer ab und hielt das Papier mit ihrem Namen sichtbar vor sich. Ihre Lippen zitterten vor Machtlosigkeit. Die Menschen liefen mit ihrem Gepäck an ihr vorbei, rempelten sie sogar an, aber dennoch schien sie niemand zu beachten, geschweige denn sie zu bemerken. Lior fühlte sich auf eine traurige Weise unsichtbar. Das Namensschild zerknitterte unter ihrem festen Griff. Unsicher schaute sie um sich und wartete, bis die Menschenmasse vor ihren Augen weniger und die Sicht auf den auffälligen Buchladen wieder frei wurde. Wie aus einer bunten Weihnachtskarte ausgeschnitten, leuchtete es an diesem so grau scheinenden Tag. Das alleinstehende Gebäude mit den Schleifen und Lichtern wirkte auf sie, als würde es gar nicht an diesen Ort gehören. Lior lief ein paar Schritte darauf zu, als zeitgleich ein kühler Wind über den Bahnhof wehte und mit ihm ein süßlicher Geruch aus dem Geschäft in ihre Richtung strömte. Sie folgte dem Duft und blieb wie angewurzelt vor dem geschmückten Schaufenster stehen. Für einen winzig kleinen Moment konnte sie beinahe vergessen, warum sie jetzt überhaupt hier an diesem Ort war. Staunend betrachtete sie jedes einzelne Buch mit den außergewöhnlich schön verzierten Einbänden. Für Lior waren Bücher wie magische Tore zu einer anderen Welt. Wenn sie zu Hause unglücklich gewesen war, tauchte sie in Geschichten ein, um ihrer Trauer oder Wut zu entkommen.

»Kein Buch der Welt wird mir aber hierbei helfen können«, wisperte sie. Bedrückt schaute sie sich all die Gegenstände hinter dem Fenster an und konnte sogar einen Blick weiter hinein in das Geschäft werfen. Eine schwarz-rot-goldene Spielzeuglokomotive fuhr zwischen den Bücherregalen, und fast überall hing glitzernder Baumschmuck. An der Wendeltreppe waren grüne Girlanden mit goldenen Glöckchen und Schleifen befestigt. Plötzlich wurde ihr Blick abgelenkt, als sich in der Schaufensterscheibe das Spiegelbild einer Frau zeigte, die wohl direkt hinter ihr stand. Mit dem Zettel in der Hand drehte sich Lior um.

Die fremde Dame mit dem schicken Federhut auf dem Kopf schaute kurz auf das Namensschild und lächelte höflich. Sie beugte sich etwas runter und streckte ihre Hand aus. »Guten Tag, Lior! Ich heiße Agathi und habe dich schon erwartet.«

Lior lächelte nicht wie gewöhnlich zurück und reichte dieser unbekannten Frau auch nicht die Hand. Etwas zögerlich erwiderte sie schließlich: »Wenn Sie mich erwartet haben, dann müssten Sie mehr als nur meinen Namen kennen. Jeder könnte mich hier ansprechen!«

Anscheinend verblüfft, zog Agathi die Augenbrauen hoch, sah dabei aber keineswegs verärgert aus. Die Frau, die einen grünen Mantel trug, nickte zustimmend und lächelte. »Da gebe ich dir recht. Es ist sehr klug, Dinge zu hinterfragen, damit du dir ganz sicher sein kannst.« Sie griff in ihre braune Ledertasche, holte einen Umschlag heraus und überreichte den darin liegenden Zettel. Lior runzelte die

Stirn und las den Brief, auf dem sowohl ihr Name als auch der von Mutter geschrieben stand. Zweifellos bestätigte dieses Dokument, dass Lior nun hierbleiben musste und zu einem Pflegekind geworden war. All der Mut, den sie in sich trug, verschwand wieder bei den gelesenen Worten. Sie senkte den Kopf. *Warum nur?* Für Lior war es unbegreiflich.

»Ich hatte auch Angst. Genauso wie du! Ich weiß, wie du dich jetzt fühlst«, sagte die Frau und zog dabei einen ihrer Handschuhe aus. Sie legte ihre warme Hand auf Liors Schulter. »Du brauchst dich nicht zu fürchten!«

»Ich habe keine Angst«, stritt Lior entschieden ab und beabsichtigte mit erhobenem Haupt, so glaubwürdig wie möglich zu klingen. Und wenn Lior es in diesem Moment nicht besser gewusst hätte, würde sie wohl selbst dem Mut ihrer Stimme glauben. Doch genau das Gegenteil war der Fall. Lior hatte sich in den letzten Jahren die Eigenschaft angeeignet, nach außen stark wirken zu wollen. Dadurch erhoffte sie sich, dass es innerlich nicht mehr so sehr wehtun würde, wenn sie Kummer hatte.

Agathi schaute Lior eindringlich an, lächelte sanft und zeigte anschließend mit der Hand nach rechts. »Durch diese kleine Gasse geht es lang. Wir gehen zu Fuß, es ist nämlich nicht weit. Ich trage deinen Koffer, ist das in Ordnung?«

Liors Herz pochte. *Soll ich einfach wegrennen?* Während sie sich noch mit diesem Gedanken beschäftigte, ergriff Agathi völlig unerwartet ihre Hand. *Kann es sein, dass Agathi wirklich weiß, wie ich mich fühle? Hat sie mich deswegen festgehalten? Damit ich nicht weglaufen kann?*

Die Wärme durch ihre Berührung zu spüren, war ungewöhnlich. Aber nicht, weil ihr diese Frau völlig fremd war, sondern weil es sich unerklärlich vertraut anfühlte. Jetzt hielten Liors Finger eine tröstende Hand fest, und dies war irgendwie sonderbar. *Wann hatte mich zuletzt jemand an die Hand genommen?* Ihren ganzen Mut nahm Lior wieder zusammen und bemühte sich, nicht in Tränen auszubrechen. Wie das Herbstblatt, das vom Wind auf seiner Reise getragen wurde, folgte Lior nun dieser unbekannten Frau. Der gemeinsame Weg führte zuerst zur Poststelle, gleich in der Gasse neben dem Buchladen, von dem Agathi ein Telegramm an Liors Mutter versenden ließ. Anschließend ähnelte der Weg eher einem sorglosen Spaziergang. Als hätte Agathi kein bestimmtes Ziel, lief sie unbeschwert langsam und blieb immer wieder stehen, um Lior diesen Ort zu zeigen. Alle paar Schritte hielt sie an und grüßte die Menschen, die an ihnen vorbeigingen. Sie kannte jeden Einzelnen beim Namen, und offenbar wusste auch jeder, wer sie war.

»Gleich hier ist der Markt. Dort holen wir jeden Freitag frische Milch, Eier und Käse. Ich liebe Käse«, informierte sie Lior lachend. »Aber Brot backen wir immer selbst. Der Duft, der sich dann im Haus verteilt, ist himmlisch.« Sie erzählte so heiter, als wäre Lior nur ein Gast, der hier Urlaub machte. »Morgen ist ja schon Freitag! Möchtest du vielleicht etwas Bestimmtes haben?« Lior schüttelte den Kopf. »Und in dieser kleinen Kirche findet jeden Sonntag eine Messe statt. Hier kennt jeder jeden, und das mag ich in unserem Dorf ganz besonders. Man hat das Gefühl, es ist eine große Familie.« Agathi bemühte sich offensichtlich, sich mit Lior zu unterhalten, aber nur wenige Worte erreichten ihr Gehör. Wie konnte sie denn auch die ganze Zeit aufmerksam sein? Heute Morgen ist sie noch zu Hause gewesen, und nun lief sie händchenhaltend mit einer Fremden über die Pflastersteine eines Dorfes, von dem sie nie zuvor gehört hatte. »Da ist es. Wir sind schon da!«, rief Agathi bereits nach wenigen

Gehminuten und zeigte auf ein weißes Fachwerkhaus mit braunem Reetdach. Mittlerweile war die Abenddämmerung gekommen, und zwei Laternen leuchteten und erhellten den Weg zur roten Holztür, an der *EGO HIC DOMI* geschrieben stand. *Was diese Worte wohl bedeuten sollen?* Gerade erst hatte Agathi Liors kleinen Koffer abgestellt und die Tür geöffnet, da liefen wie aus heiterem Himmel auch schon fünf Kinder eilig die Treppe herunter und stellen sich neugierig vor ihnen. »Das ist Lior. Sie wird jetzt auch bei uns wohnen! Aber lasst uns erst mal rein«, bat sie die Kinder freundlich. Diese flüsterten sich etwas zu und stellten sich sogleich seitlich hin, sodass Lior eintreten konnte.

Der Duft im Haus weckte Erinnerungen. Es roch nach Äpfeln, Vanille und Zimt. Der Geruch ließ Lior an die Zeit mit Oma zurückdenken. Sie hatte nämlich ausschließlich mit ihr gebacken. Agathi nahm Lior ihren Mantel ab und stellte den Koffer an die Treppe, wo sie ebenso ihren eigenen feinen Wollmantel an den Jackenständer der Garderobe gehangen hatte.

Liors Augen schweiften durch die Räume, während die der Kinder immer noch auf sie gerichtet waren. Sie entdeckte einen Kaminofen mit knisterndem Holzfeuer, ein großes Sofa mit Blumenmuster und viele Bilder an den Wänden. So hatte sich Lior ein Heim gar nicht vorgestellt. *Es ist so freundlich eingerichtet.* Gerade als Lior im Flur ein eingerahmtes Hochzeitsfoto an der Wand entdeckte, bat Agathi sie darum, ihre Stiefel auszuziehen.

»Bei uns bekommt jedes Kind seine eigenen Hausschuhe. Sauberkeit ist mir nämlich sehr wichtig. Und wenn alle die Regeln befolgen, bleibt uns dadurch viel mehr Zeit für schöne Dinge, anstatt das Haus zu putzen!«, erklärte Agathi und zwinkerte Lior dabei zu. »So, dann wascht bitte eure Hände und setzt euch alle an den Tisch.«

»Hier geht es lang«, erklärte einer der Jungen und zeigte Lior den Weg zum Waschbecken. Sie bemerkte, wie fröhlich alle waren und miteinander kicherten. Nur ein Mädchen mit blonden Haaren war sehr still.

»Jedes Kind hat bereits seinen Lieblingsplatz, deswegen erhältst du den freien Stuhl hier neben Isabell.«

Lior schaute das blonde Mädchen an, das Lior wiederum mit ihren eisblauen Augen anstarrte. Sie sah bedrückt aus, und sie tat ihr etwas leid. In ihrem traurigen Blick erkannte sich Lior wieder und wollte nicht unhöflich wirken, indem sie nur schweigen würde.

»Hallo, Isabell«, grüßte Lior sie, aber das Kind antwortete nicht.

»Unsere Isabell spricht nicht. Sie versteht alles, was wir sagen, und wir hoffen, dass sie eines Tages ihre verloren gegangene Stimme wiederfindet«, erklärte Agathi und streichelte dem Mädchen mit der Hand über den Kopf. »Isabell ist sechs Jahre alt«, ließ sie Lior zudem wissen. »Und nun schlage ich vor, dass sich bitte jeder von euch selbst vorstellt! Wer mag anfangen?«

Sogleich hatte der größere der beiden Jungen begonnen. »Ich bin Arthur und schon zehn Jahre alt. Ich bin der Älteste hier«, sagte dieser mit Stolz in der Stimme. Ihm saß ein Mädchen mit rötlich-braunen Locken und grünen Augen gegenüber, die sich als nächstes vorstellte. »Ich heiße Fiona und bin neun Jahre.« Dann nannte auch Peter seinen Namen, der so wie Isabell sechs Jahre alt war, und schließlich sprach auch Svea, mit verlegenem Blick. »Und ich bin acht Jahre.«

Lior überlegte, was der Grund gewesen sein musste, dass auch der Weg dieser Kinder in ein Heim geführt hatte. Sie war nun die Älteste hier. Erst vor wenigen Wochen war sie vierzehn Jahre geworden.

Agathi schnitt den Kuchen an und reichte Lior das erste Stück. Erst als alle einen gefüllten Teller vor sich hatten, nahm auch sie etwas davon für sich und zündete eine weitere weiße Kerze in der kleinen Laterne an.

Die Kinder schauten einander an und blickten immer wieder in Liors Richtung. Vermutlich wollten sie ihr Alter erfahren, aber Lior war in Gedanken versunken und schwieg.

»Noch sind wir dir recht fremd«, sagte Agathi mit ausdrucksstarker Stimme. »Doch eine Gemeinsamkeit verbindet uns alle. Jeder von uns glaubt, schon viel zu oft vom Glück verlassen worden zu sein. *Wer aber Liebe und Hoffnung in sich trägt, zu dem findet das Glück auch wieder zurück.*« Sie lächelte jedes Kind an, als wollte sie erreichen, dass auch sie an das wiederkehrende Glück glaubten, welches Agathi mit ihren Worten versprochen hatte. Zum Schluss wandte sich Agathi nochmals an Lior. »Hier muss niemand allein sein. So wie es an unserer Tür steht! *EGO HIC DOMI* bedeutet: Ich bin hier zu Hause. Wir heißen dich somit willkommen, liebe Lior.«

Lior nickte und murmelte ein verlegenes »Danke« vor sich hin. Sie kämpfte seit der Zugfahrt immer noch mit den Tränen und senkte ihren Blick auf den Teller.

Sofort begannen die Kinder ihren Apfelkuchen zu essen.

Liors Magen knurrte, und obwohl sie sehr hungrig war, rührte sie ihren Kuchen nicht an. So gemütlich es auch hier aussah, selbst das schmerzliche Schweigen von Mutter hätte sie jetzt dagegen ausgetauscht. Diese Fürsorge hier in diesem Heim wirkte ungewohnt und fremd. Lior blickte aus dem Sprossenfenster und sah in Gedanken ihr Elternhaus vor sich.

»Ich will nach Hause«, sprach sie versehentlich laut genug aus, sodass es alle am Tisch hören konnten. Die Kinder erhoben ihre Köpfe und schauten Lior mitfühlend an. Lior wurde vor Scham ganz rot im Gesicht. Am liebsten hätte sie sich jetzt in ihrem eigenen Zimmer verkrochen. *Nur weil es an der Tür steht, bin ich dennoch nicht hier zu Hause.* Ein beengendes Unwohlsein machte sich bemerkbar. Lior wollte sich vom Stuhl erheben, doch sie fühlte sich wie gelähmt. *Wann darf ich wieder zurück?* Zurück an den Ort, wo die Erinnerungen an ihren Papa bildlich an den Wänden hingen, und in der Küche sitzen, wo sie einst mit ihrer Oma Kuchen gebacken hatte. Und während sie mit so viel gütiger Freundlichkeit von Agathi willkommen geheißen wurde, schaffte es ihr löwenstarkes Herz nicht mehr, ihre Tränen zurückzuhalten.

Lior weinte bitterlich. Sie weinte so sehr, wie nur ein Kind, das seinen Mut verloren hatte, es tun konnte.

Kapitel 3

EIN REZEPT FÜRS HERZ

Den Kopf schwer von Gedanken und den Magen völlig leer, erwachte Lior mitten in der Nacht. *War das alles nur ein Traum?* Erschrocken sah sie um sich. *Nein, das war es nicht* ... Denn es war weder ihr eigenes Bett, noch befand sie sich in ihrem eigenen Zimmer. Ihr Herzschlag wurde schneller, und kalte Schweißperlen sammelten sich auf ihrer Stirn. Obwohl sie ihre bunt gestrickten Wollsocken angelassen hatte, fröstelte sie am ganzen Körper. Lior kniff die Augen zusammen und bemühte sich, die Zeit von der Wanduhr abzulesen. Es war gerade erst kurz nach Mitternacht, doch in diesem fremden Raum erschien die Dunkelheit noch düsterer als sonst. Die Kerze in der Laterne hatte ihr letztes Wachs vergossen, und selbst der Mond, der in manchen Nächten sein Licht durchs Fenster warf, versteckte sich heute hinter den Wolken. Dunkelheit mochte Lior überhaupt nicht, und sie fürchtete sich manchmal sogar davor.

Ich sollte lieber tief ein- und ausatmen, kam Lior in den Sinn. Indem sie so entspannt wie möglich atmete, hoffte sie, ihre Angst bändigen zu können, um nicht in Panik zu geraten. Solche Momente gab es, seit ihr Papa nicht mehr da war, schon öfter, und sie wusste nun, dass ihr die ruhigen Atemübungen helfen würden.

Lior drehte sich zur Seite und erkannte die Umrisse der Stehlampe. *Soll ich sie einschalten? Nein, das wäre keine gute Idee …* Isabell, Svea und Fiona schliefen ja im selben Raum, und Lior wollte sie keinesfalls mit dem grellen Licht wecken. Gleich gegenüber auf der anderen Seite des Flurs teilten sich außerdem Arthur und Peter ein Zimmer, und Agathi schlief im Raum neben der Waschküche. Von dort aus könnte man das Licht bestimmt ebenso sehen, denn die Tür stand offen, da Lior diese auf Wunsch der anderen Mädchen nicht hatte verschließen dürfen.

Die Decke wieder bis über den Kopf hochgezogen und immer noch mit ihrem Buch in der Hand, lag Lior in diesem Bett, an das sie sich jetzt gewöhnen sollte. Eigentlich war es bequem, und jeder Wohnraum war einladend eingerichtet. Für einen Urlaub hätte sich Lior kein schöneres Ferienhaus aussuchen können. Das hier war aber kein Ferienhaus, sondern sollte ihr neues Zuhause werden. Dabei hatte sie doch schon eins, ein richtiges mit einem eigenen Zimmer. Dass sie nichts tun konnte, um wieder dorthin zu kommen, wollte sie einfach nicht akzeptieren. *Wie konnte Mutter mir das nur antun?* Lior ballte ihre Hand zu einer Faust und haute mit Schwung auf die Matratze. Jedoch verfehlte sie diese und traf die harte Bettkante, was nicht nur ein lautes Geräusch verursachte, sondern auch ziemlich schmerzhaft war. Lautlos formte sie ihren Mund zu einem lang gezogenen *Auaaaaaa*, während zugleich ein beklemmendes, drückendes Gefühl in ihrer Brust aufstieg. Lior glaubte, nicht mehr frei atmen zu können, und zog ruckartig die Decke von ihrem Gesicht. So war es schon viel besser, aber etwas in ihr fühlte sich immer noch verkrampft an. Schnell setzte sie sich auf, atmete mehrmals ganz tief ein und aus und versuchte, die aufkeimende Panik zu verdrängen. Isabell schlief unruhig. *Nicht, dass sie jetzt noch aufwacht.* Lior blieb mucksmäuschenstill.

Das Buch, welches sie die ganze Nacht schon bei sich trug, drückte Lior fest an sich, und obwohl es viel zu dunkel zum Lesen war, schlug sie eine Seite auf. Sie strich mit dem linken Zeigefinger über das Papier. Lior mochte es sehr, die geschnörkelte Schrift nachzuzeichnen und die alten Bilder anzusehen. Es war kein spannender Roman oder gar eines, das man in einem Geschäft hätte kaufen können. Nach außen hin war es nur ein unscheinbares, uraltes Notizbuch, das vermutlich nicht mal jemand vom Boden aufheben würde, wenn es vor einem läge. Für Lior jedoch war es von unschätzbarem Wert, etwas ganz Besonderes, das kein zweites Mal existierte. Es gehörte ihrer Oma und war das Einzige, was Lior noch blieb, um ihren Erinnerungen Platz zu geben. Den mittlerweile leicht verblichenen Fotografien ihrer Urgroßeltern, dem nostalgischen Hochzeitsfoto ihrer Oma mit Opa und den Bildern, auf denen ihr geliebter Papa als kleines Kind und junger Mann zu sehen war. Außerdem wurden darin auch besondere Familienrezepte notiert, die seit Generationen weitergegeben wurden. Es war also das Allerkostbarste, was Lior besaß, weil es nicht nur voller Erinnerungen steckte, sondern ihr zudem versicherte, zu einer Familie zu gehören.

Als ihr Papa ahnte, dass ihm nicht mehr viel Zeit auf dieser Welt bleiben würde, hatte er einst zu Lior gesagt:

Bewahre schöne Erinnerungen tief in deinem Herzen auf. Sie machen den Menschen, den du liebst, lebendig. Und wenn du an mich denkst, bin ich bei dir, als wäre ich nie fort gewesen.

Bei diesem Gedanken wurde Lior endlich ganz warm ums Herz, und sie fror nicht mehr. Kurze Zeit später normalisierte sich ihr Puls, und das verkrampfte Gefühl ließ langsam nach, als plötzlich jemand Licht ins Dunkel brachte. Es war Agathi, die mit einer kleinen Laterne in der Hand das Zimmer betrat.

»Du kannst nicht schlafen, nicht wahr?«, flüsterte sie.

Lior schüttelte verlegen den Kopf. Wahrscheinlich war ihr lautstarker Faustschlag der Grund, warum Agathi nun mitten in der Nacht im Raum stand. Lior beobachtete sie dabei, wie sie die Bettdecken der anderen Mädchen zurechtzog, bevor sie sich wieder an Lior wandte: »Magst du dich mit mir an den Kaminofen setzen? Ich kann nämlich auch nicht schlafen.«

Lior zuckte mit den Schultern und traute sich nicht wirklich mitzugehen. *Nicht, dass ich jetzt noch Ärger bekomme …* Das Laternenlicht, das Agathi jetzt höher hielt, erhellte ihr Gesicht, und Lior erkannte, dass sie eigentlich ganz und gar nicht so aussah, als würde sie schimpfen wollen. Agathis Licht verdrängte in diesem Moment zudem die Dunkelheit, vor der sich Lior gefürchtet hatte, und ihr fürsorglicher Blick erweckte ein vertrauensvolles Gefühl in ihr.

Agathi sah Lior fragend an. »Und du hast sicherlich Hunger, oder?« Doch bevor Lior etwas sagen konnte, antwortete ihr Magen mit einem lauten, knurrenden Geräusch. Lior war das unangenehm, nickte aber schließlich und folgte Agathi die knarzenden Treppenstufen hinunter.

»Im Haus ist fast alles aus Holz gebaut, deswegen knarrt es so gut wie überall, wo wir mit dem Fuß auftreten«, erklärte Agathi. »Mich stört das jedoch nicht. Es macht unser Heim auf eine gewisse Art lebendig.«

Im Wohnzimmer warf Agathi etwas Brennholz nach, sodass die Flammen im Kaminofen schnell größer wurden. »Nachts wird es schon deutlich kälter. Der Winter lässt bestimmt nicht mehr lange auf sich warten.« Sie richtete sich wieder auf und zeigte in Liors Richtung. »Was liest du da eigentlich?«

Verwirrt schaute Lior auf ihre Hände. Sie hielten immer noch das Notizbuch fest. Vor lauter Aufregung hatte sie nicht bemerkt, dass sie es mitgenommen hatte.

»Das gehörte meiner Oma. Hier stehen aber keine Geschichten drin«, antwortete sie und fühlte inzwischen die wohlige Wärme aus dem Ofen, die sich im Raum verbreitete und ihre eiskalten Füße erreichte. Agathi setzte sich auf das blumig gemusterte Sofa und bot Lior an, ebenfalls Platz zu nehmen. »Also wenn keine Geschichten darin geschrieben stehen, dann ist es wahrscheinlich ein Fotoalbum, nehme ich an?«

Wieder schüttelte Lior den Kopf. »Nicht so ganz, es sind zwar auch einige Fotografien eingeklebt, aber eigentlich sind hier uralte Familienrezepte notiert. Ich habe es bekommen, damit ich es auch irgendwann weiterreichen kann.« Lior schlug eine Seite auf. »Es soll in der Familie bleiben, hat sich Oma gewünscht.« Sie blätterte noch einige Seiten um. »Hier ist auch ein Foto von Papa, als er noch ganz klein war.« Lior zeigte auf ein Bild. »Da, auf dem Arm von Opa.«

»Da hat dir deine Großmutter etwas sehr Wertvolles geschenkt«, stellte Agathi fest und tippte mit dem Finger auf die aufgeschlagene Seite. »Und auch wenn keine Geschichten in diesem Buch sind, erzählt dennoch jedes Bild seine eigene.«

Zunächst verstand Lior nicht so recht, was Agathi damit meinte, aber als sie sich still Papas Kinderfoto ansah und jedes kleinste Detail wie das Spielzeug in seiner Hand, die Blumen in der Vase, das Buch auf dem Tisch und das Gemälde an der Wand bemerkte, war es plötzlich so, als würde sie mehr darauf erkennen als nur das, was abgebildet war.

»Welches davon ist dein Lieblingsrezept?«, fragte Agathi gleich hinterher.

Lior musste dafür nicht umblättern und zeigte auf die Seite daneben. »Die heiße Schokolade!« Bei dem Gedanken daran lief ihr fast das Wasser im Mund zusammen. Sie hatte nämlich schon viel zu lange keine mehr getrunken, und zudem war Lior wirklich furchtbar hungrig. *Wie gern hätte ich jetzt …*

»Was meinst du, sollen wir zwei dein Familienrezept nachkochen?«, bot Agathi auf einmal an, als wüsste sie, was Lior sich gerade wünschte.

Mit überraschtem Blick hielt Lior inne. Bis jetzt hatte sie mit noch niemandem außer mit ihrer Oma diesen leckeren Kakao zubereitet. Für sie war es wie zu einer Tradition geworden, die sie nicht einfach mit jemandem teilen wollte. Es dauerte dennoch nicht lange, bis Lior zustimmte.

Agathi lächelte zufrieden. »Und das Stück Apfelkuchen, das du nicht angerührt hattest, habe ich aufbewahrt. Den kannst du gern dazu essen, oder magst du lieber Brot mit Käse? Mit leerem Magen lässt es sich nämlich kaum einschlafen.« Von jetzt auf gleich wirkte Agathi etwas bedrückt. »Das weiß ich leider nur zu gut«, sagte sie leise und schien nachdenklich zu sein.

Was hat Agathi auf einmal?, fragte sich Lior und erwiderte zaghaft: »Mir reicht der Kuchen, danke.«

Agathi erhob sich vom Sofa und führte sie in die rustikale Küche, in der Kupfertöpfe und Bratpfannen über dem Herd hingen. »Dann zeig mal her, welche Zutaten wir dafür brauchen. So viele werden es bestimmt nicht sein.«

Lior öffnete das Familienerbstück und las vor: »Pro Tasse 50 Gramm Schokolade mit mindestens 75 Prozent Kakaoanteil, einen gehäuften Teelöffel Kakao, 350 Milliliter frische Milch, eine Zimtstange, eine Messerspitze Kardamom und Koriander sowie gemahlene Nelken, eine Prise Muskatnuss und geschlagene Sahne als Haube obendrauf, die mit Zimt und Kakao bestreut wird.«

Verdutzt hob Agathi die Brauen und lachte. »Na, das klingt ja nach einem sehr interessanten Geschmack!« Sie öffnete den Gewürzschrank, in dem viele beschriftete Gläser alphabetisch sortiert aufgestellt waren. »Lass mich nachsehen.« Agathi suchte noch in zwei weiteren Schubladen. »Ich liebe es zu kochen und zu backen«, erzählte sie, während sie die Zutaten neben den Herd stellte. »So, zum Glück habe ich alles an Gewürzen vorrätig. Außer die Schokolade, die ist nicht so dunkel wie gewünscht, und den Zimt habe ich nur gemahlen hier. Sollen wir trotzdem die Milch aufwärmen?«, fragte sie augenzwinkernd.

Natürlich war Lior einverstanden und nahm direkt einen der hängenden Kupfertöpfe entgegen, den Agathi ihr auf die hölzerne Küchenzeile stellte.

»So, hier noch die frische Milch, und selbstverständlich überlasse ich dir auch den Kochlöffel. Es ist ja dein Rezept. Aber die kalte Sahne schlage ich für dich schon mal auf«, bot Agathi an.

Lior schüttete versehentlich viel zu viel Milch in den Topf, während Agathi die Flamme unter der Herdplatte anzündete.

»Dann verwende auch gleich mehr von den benötigten Zutaten«, schlug sie vor, als ihr dies nicht entgangen war. Lior hackte schließlich ausreichend Schokolade und brachte diese in der heißen Milch zum Schmelzen. Mit Zimtpulver und allen weiteren Zutaten würzte sie abschließend das Getränk. Ein köstlicher Duft machte sich langsam breit und roch wie *Zuhause*, wenn ihre Oma am Herd gestanden hatte, um dieses Rezept für Lior zu kochen.

»Das riecht ja herrlich!«, freute sich Agathi wie ein kleines Kind und klatschte dabei leise in die Hände.

Wie alt Agathi wohl ist? Ihre Haut war glatt und ähnelte der eines jungen Mädchens, und ihre rosigen Wangen gaben ihr etwas Niedliches. Lior kam es so vor, als würde sie mit einem Mädchen in der Küche stehen, das nicht älter als sie selbst war. Lior schmunzelte über Agathis kindliche Freude, als plötzlich jemand fragte: »Was riecht denn hier so gut?« Fiona rieb sich die Augen, als auch Arthur und Isabell sich mitten in die Küche stellten.

»Was macht ihr da?«, wollte Arthur wissen und lief mit Isabell neugierig zum Topf, um hineinzusehen. »Bekommen wir auch was davon?«, fragten Fiona und Arthur wie aus einem Mund.

Agathi sah alle drei ernst an, wobei Lior auffiel, dass sie dennoch ein Lächeln im Gesicht trug. »Gut, dass ihr morgen früh nicht in die Schule müsst«, merkte sie an. Lior war mittlerweile nicht mehr schulpflichtig, und während sich einige ihrer Kameraden gefreut hatten, nie mehr in einem Klassenzimmer sitzen zu müssen, gehörte sie vermutlich zu den wenigen Kindern, die den Unterricht vermissten. Und als würde Agathi die Fähigkeit beherrschen, ihre Gedanken zu lesen, wandte sie sich an Lior. »Da du nicht zur Schule gehen wirst, bekommst du dennoch zumindest einmal in der Woche privaten Unterricht von mir. Man lernt im Leben wirklich nie genug!«, erklärte sie.

Lior nickte und widmete sich wortlos der heißen Schokoladenmilch. In ihren Gedanken sah sie sich bereits wieder zu Hause.

Agathi öffnete einen Schrank voller Geschirr. »Setzt euch bitte an den Tisch, Lior hat für uns Kakao nach einem ganz besonderen Familienrezept zubereitet. Ihr habt Glück, dass sie gleich so viel Milch aufgekocht hat!«

Die drei Kinder beobachteten Lior begeistert, wie sie den Holzlöffel im Topf hin- und herschwenkte, und setzten sich sogleich auf ihre Plätze.

»Wir sollten aber alle leise bleiben. Peter und Svea werden sonst auch noch wach«, versuchte Agathi, die Lautstärke von Arthur und Fiona zu dämpfen.

Kurz danach setzte sich auch Lior an den Tisch und nahm wieder den Platz neben Isabell ein. Arthur zündete die weiße Kerze in der Laterne an, die schon beim Kuchenessen auf dem Tisch gestanden hatte. Gedankenverloren starrte Lior zunächst auf die flackernde Flamme, ehe sie die Küche genauer betrachtete. *Es sieht hier anders aus als bei Mutter. Irgendwie ... gemütlicher. Liegt es an den vielen Laternen? Oder an dem knisternden Holz? Vielleicht ist es hier gar nicht so schlimm ...* Doch beim Blick auf ihr Notizbuch, welches die Erinnerungen an ihre Familie weckte, fühlte sich Lior dennoch am falschen Platz.

Agathi stellte einen großen Porzellanbecher vor ihr ab. »Es ist zwar noch keine Adventszeit, aber eine besondere Köstlichkeit wie diese sollte auch in besonderem Geschirr serviert werden!«, meinte Agathi und erfreute sich sichtlich am Porzellan.

Jetzt bemerkte Lior, dass auch vor den anderen drei Kindern eine bunte Tasse stand.

»Wie schöööön!«, rief Fiona begeistert, während sie die Abbildungen auf der Tasse bestaunte. Lior nahm ihre ebenso behutsam in die Hand. Auf der Vorderseite war ein geschmücktes Haus zu sehen, und auf der Rückseite saßen Kinder auf Schlitten im Schnee. Lior war ganz vertieft in diese Bilder, als Agathi den Topf mit der heißen Schokolade auf den Holztisch stellte.

»Magst du uns einschenken?«

Das war Lior recht, und sie nahm den Schöpflöffel entgegen. Schon beim ersten Schluck gaben alle nacheinander ein genießendes Geräusch von sich. Agathi signalisierte mit dem Zeigefinger vor ihrem Mund, dass die Kinder leiser sein sollten.

»Sooo lecker!«, flüsterte Arthur, und auch Fiona und Agathi äußerten ganz leise ihr Kompliment an Lior. Selbst Isabell, die kein Wort sprach, zog an Liors Ärmel und lächelte. Sie erschien ihr jetzt nicht mehr so traurig wie am Abend, fiel Lior auf, und sie freute sich mit dem kleinen Mädchen.

Dank Agathis Vorschlag, die traditionelle Schokolade zuzubereiten, konnte Lior für diesen einen Moment wieder das schöne Glücksgefühl empfinden, welches sie jederzeit mit ihrer Oma hatte. Und zugegeben, es schmeckte beinahe so wie von ihr.

Arthur, Isabell und Fiona bekamen noch einen Haferkeks, den sie in ihr Getränk tunkten, und Lior aß nun endlich ihren Apfelkuchen auf. Nicht einen Krümel ließ Lior auf dem Teller zurück, und als sie den letzten Tropfen aus ihrem Becher getrunken hatte, merkte Lior, wie benommen sie vor Müdigkeit wurde. Zurück im Zimmer, legte sie sich erschöpft ins Bett, doch anstatt zu schlafen, starrte sie nachdenklich ins Leere. Viele Gedanken an zu Hause beschäftigten Lior, und sie kam nicht zur Ruhe. Fiona und Isabell waren dagegen bereits eingeschlafen, und irgendwann bemerkte Lior, dass der Mond dem Raum nun etwas Licht schenkte. Es war nicht mehr beängstigend dunkel, und der Mondschein gab ihr auf eine unerklärliche Weise Hoffnung – dass sie bald wieder in ihrem eigenen Bett schlafen könnte. *Ich werde einen Weg finden*, da war sie sich sicher. Sie schloss die Augen und fühlte immer noch die wohltuende Wärme der Schokolade im Bauch. Sie stellte sich vor, die Zeit zurückdrehen zu können, um wieder in ihrem Elternhaus mit den Menschen, die sie liebte, zusammen zu sein. Dieser schöne Gedanke führte dazu, dass Lior endlich einschlief. In dieser ersten Nacht im Heim träumte Lior von einem Zuhause, das ihr all die Ängste und Sorgen nehmen würde.

Sie träumte von Geborgenheit, wie nur ein Kind, das Heimweh hatte, es tun konnte.

Kapitel 4

GESUCHT UND GEFUNDEN

An diesem Freitagmorgen weckte ein krähender Hahn Lior aus ihrem tiefen Schlaf. Die Sonnenstrahlen warfen ihr Licht durch das Fenster und wärmten ihr Gesicht. Immer noch müde und vom Licht geblendet, schloss sie wieder die Augen und vergrub den Kopf unter dem Kissen. Als nur kurz danach auch die anderen Kinder wach wurden, konnte Lior durch einen offenen Spalt beobachten, wie sich jemand neugierig neben ihr Bett stellte und an ihrem Kissenbezug zupfte. »Bist du wach?«

Lior streckte den Kopf hervor und entdeckte nicht nur Peter vor ihr, sondern auch Arthur, Fiona, Svea und Isabell, wie sie um ihr Bett herumstanden und kicherten.

»Jetzt ja«, antwortete Lior und warf nun die Bettdecke über das Gesicht. Ihr war nicht danach, sich mit ihnen zu unterhalten. Sie sahen so zufrieden aus, doch Lior war es ganz und gar nicht. Ihr erster Gedanke an diesem Tag war derselbe wie gestern vor dem Einschlafen. *Wie komme ich wieder nach Hause?*

»Guten Morgen!«, rief Agathi laut von der Treppe aus. »Ich erwarte euch in dreißig Minuten am Küchentisch.«

Im Heim gab es zwei Waschräume. Einer für die Jungen und der andere für die Mädchen, damit die Kinder sich zeitgleich frisch machen konnten. Lior wartete jedoch, bis die Mädchen fertig waren, und war schließlich die Letzte, die sich anzog. Als sie die Treppenstufen hinuntergestiegen war, kam ihr bereits der Geruch von gebratenen Eiern und frischem Brot entgegen.

»Schönen guten Morgen, Lior! Ich hoffe, du konntest gut schlafen?«, begrüßte Agathi sie mit einem strahlenden Lächeln.

»Guten Morgen!«, erwiderte Lior, beantwortete jedoch nicht die Frage.

Während alle ihr Frühstück aßen, stellte sich Agathi ans Fenster. »Draußen scheint die Sonne, und der Himmel wird von keinen grauen Wolken begleitet.« Zurück am Küchentisch, nahm sie wieder ihre Kaffeetasse in die Hand. »Ein guter Tag, um auf den Markt zu gehen«, schlussfolgerte sie und wandte sich ganz unerwartet an Lior. »Möchtest du einen kleinen Einkauf für mich erledigen? Wir brauchen zwei Flaschen Milch, fünfzehn Eier und einen Laib milden Käse. Dann kannst du dich auf dem Markt etwas umsehen. Du wirst gleich merken, wie herzlich die Menschen hier sind.«

Zunächst zuckte Lior gleichgültig mit den Schultern, aber dann kam ihr eine Idee …

»Ja, das kann ich machen!«, antwortete sie hastig und merkte, dass ihre Stimme aufgeregt hoch klang.

Agathi betrachtete sie prüfend. »An den Weg erinnerst du dich noch? Ich hatte es dir gestern gezeigt. Ist ganz einfach zu finden. Am Haus rechts vorbei …«

»Ja. Ja, ich weiß«, unterbrach Lior sie. »Ich erinnere mich an den Weg!«

»Gut, wenn du aufgegessen hast, gebe ich dir einen Korb und das Geld für den Einkauf. Dann kann ich in der Zwischenzeit die Wäsche machen.«

Am liebsten hätte Lior ihr Frühstück stehen gelassen, doch das wäre vermutlich zu auffällig gewesen. Also aß sie ihr Essen rasch auf und ging ihren Plan gedanklich noch einmal durch. Gleich darauf nahm sie den Korb und das Geld an sich. Sie beschäftigte sich im Flur, und als Agathi sich in der Küche noch mit Arthur unterhielt, eilte Lior unauffällig ins Zimmer und starrte eine Zeit lang nachdenklich ihren Koffer an, der noch in der Ecke lag. *Nein, den Koffer kann ich nicht mitnehmen.* Lior griff stattdessen nach ihrem Erinnerungsbuch und versteckte es im Korb. Sie öffnete die Tür und ging hinaus, aber anstatt nach rechts in Richtung Markt zu gehen, wählte sie den linken und somit falschen Weg. Dieser führte sie zurück zum Bahnhof, was Lior natürlich wusste. Nervös zählte sie das Geld in ihrer Hand. *Damit werde ich mir eine Fahrkarte kaufen, um nach Hause zu fahren. Irgendwann werde ich es Agathi mit einem Brief zurückschicken. Also leihe ich mir das Geld nur aus*, versuchte Lior, ihr Gewissen zu beruhigen. Immer wieder blickte sie hinter sich aus Angst, jemand würde ihr nachlaufen und sie an ihrem Vorhaben hindern. Sie war aufgeregt und wusste, dass es nicht richtig war, Geld zu stehlen. Lior weinte leise, als im selben Augenblick die Sonne hinter aufziehenden grauen Wolken verschwand.

Von jetzt auf gleich regnete es auf Lior herunter, als würde der Himmel selbst mit ihr weinen. Nun kannten ihre Tränen kein Halten mehr. Lior war sogar erleichtert, dass in diesem Moment der Regen ihre Tränen unsichtbar machten und niemand erkennen würde, dass diese aus ihren Augen tropften.

Ohne einen Regenschirm und wie angewurzelt stand sie nun zwischen dem Gleis und der auffälligen Buchhandlung. Trillerpfeifen ertönten, und ein Zug fuhr gerade ein. Lior entdeckte einen Schaffner, der eine Rolle Papier aus der Seitentasche holte.

»Fahrkarten! Hier gibt es Fahrkarten!«, bot der Mann diese laut zum Verkauf an.

Sie zögerte. Irgendetwas in ihr zweifelte daran, dass der Entschluss, jetzt zurückzufahren, richtig war. Zu Hause gab es ja niemanden, der Lior heute erwartete. *Wird Mutter sich denn freuen, mich zu sehen?* Das wiederkehrende, drückende Gefühl bei diesem Gedanken versuchte sie schnell zu ignorieren. Ihr blieb nämlich nicht mehr viel Zeit.

Ja, ich will unbedingt nach Hause. Zurück in mein Zimmer, mich unter der Decke verkriechen, und wenn Mutter wie immer schweigen wird, habe ich ja noch meine Bücher, die mir Gesellschaft leisten. Aber trotzdem blieb sie regungslos stehen und machte keinen Schritt vorwärts.

»Papa«, flüsterte Lior und schluchzte dabei. *Wenn Papa doch nur hier wäre ... dann wäre alles gut.*

All der Mut, den sie kurz zuvor noch im Herzen trug, um die Rückreise anzutreten, verschwand so plötzlich wie der Regen, der ihre Tränen nun nicht mehr verdecken konnte. Sie wischte sich ihr Gesicht mit ihrem Ärmel trocken, stellte sich hinter die Menschen, die bereits dabei waren, sich eine Fahrkarte zu kaufen, und war trotz ihrer Zweifel jetzt bereit, dahin zurückzugehen, wo sie hingehörte. Nach Hause!

Sie wartete, und mit jeder Sekunde, die verging, wurde Lior zunehmend unruhiger. Als sie endlich an der Reihe war, streckte sie dem Mann ihre offene Hand mit dem Geld entgegen. »Eine Fahrkarte bis —«, murmelte sie, doch der Schaffner runzelte die Stirn und unterbrach sie mitten im Satz.»Ist das alles?«

Lior erschrak. »Ja, mehr habe ich nicht dabei.«

Der Mann mit dem gekräuselten Schnauzbart schüttelte den Kopf, und ehe er sich gleichgültig von ihr abwendete, brummte er unhöflich: »Das reicht nicht mal bis zum nächsten Halt!«

Bis nach Hause waren es zwölf Stationen, also musste Lior wissen, wie viel Geld ihr noch fehlte und hakte nach.

»Aber was kostet denn …?« Doch der Schaffner bediente schon die anderen Reisenden und ignorierte sie. Erzwungenermaßen machte Lior ein paar Schritte zurück und versuchte, die Scheine und Münzen der älteren Frau zu zählen, die gerade für eine Fahrt bis zum nächsten Bahnhof bezahlte. Lior zog frustriert die Mundwinkel nach unten. Anhand der Menge stellte sie sofort fest, dass dies deutlich mehr war als das, was sie in ihrer Hand hielt. Und Lior brauchte noch viel mehr Scheine, als diese Dame dem unfreundlichen Schaffner überreicht hatte. Sie schluchzte vor Enttäuschung. *Wie komme ich denn bloß an so viel Geld? Soll ich heimlich einsteigen? Was, wenn ich erwischt werde?* Auf all diese Fragen fand sie jedoch so schnell keine Antwort. Und während die Türen geschlossen wurden, sah sie die Möglichkeit, nach Hause zurückzukehren, wie diesen Zug, der nun losfuhr, an ihr vorbeiziehen.

»Papa!«, wisperte Lior wie einen schmerzlichen Hilferuf. Die große Lücke, die er in ihrem Herzen hinterlassen hatte, fühlte sie jetzt mehr denn je. Mit hängenden Schultern sah sie zu Boden und drehte sich um, als zeitgleich die grauen Wolken über ihr auflockerten und helle Sonnenstrahlen Liors Schatten vor ihr sichtbar machten. Langsam hob sie wieder den Kopf und schaute gen Himmel. Ein wunderschöner Regenbogen zeigte sich in voller Pracht und entlockte Lior ein wehmütiges Lächeln. Wie ein sanfter Kuss streichelte die Wärme der Sonne ihre Stirn und weckte die Erinnerung an ihren Papa, wie sie mit ihm an regnerischen Tagen Ausschau nach so einem bunten Bogen gehalten hatte.

Papa, schickst du mir gerade einen Gruß?

Die Einsamkeit und die Angst, die sie zuvor noch bedrückt hatten, waren wie durch ein Wunder kaum noch spürbar. In ihrem Herzen fühlte es sich schlagartig besser an, und das Gefühl, dass sie nicht allein war, festigte sich in ihren Gedanken. Als würde sie jemand an die Hand nehmen und führen, wehte ein plötzlicher Windstoß und Lior stolperte beinahe über das Schild, das vor der Buchhandlung aufgestellt war.

Wo kommt das denn jetzt her? Zuvor hatte sie es nicht bemerkt. Lior begann zu lesen …

Aushilfskraft gesucht!

Bücher säubern und nach dem Alphabet sortieren

Dekoration im Schaufenster wöchentlich wechseln

Neue Ware prüfen und einsortieren

Bücher und Geschenkartikel auf Kundenwunsch verpacken

Getränke in der Teestube zubereiten

Ist das die Lösung? Lior stellte sich an das Schaufenster und sah hinein. *Hier kann ich das benötigte Geld verdienen!* Ohne zu zögern, betrat sie *Lumis Bücherwelt.* Als sie die Eingangstür öffnete, erklang ein Glockenspiel, das über der Tür befestigt war. Das Geschäft erschien ihr von innen noch viel, viel schöner, als Lior es durch die

Scheibe erkannt hatte. Es war fast so, als hätte sie ein Buch aufgeschlagen. Denn auch hier betrat sie sozusagen eine Tür zu einer anderen Welt. Auf Anhieb empfand sie diesen Ort als außergewöhnlich und schön. Es duftete nach Zimt und Bratapfel, und eine besinnliche Melodie erklang leise im Hintergrund. Lior legte ihre Hand auf das Geländer der geschmückten Wendeltreppe. *Wo die wohl hinführt?* Es war noch recht früh am Morgen, *vielleicht war deswegen noch niemand im Buchladen?*

Langsam stieg sie die Stufen hinauf. Oben angekommen, fand sich Lior in einer gemütlichen Teestube inmitten einer kleinen Bibliothek wieder. Dieser Geruch und der Anblick der vielen Bücher, deren goldverzierte Einbände wie aus einer anderen Zeit wirkten, begeisterte Lior maßlos. Sie ging näher an eines der Regale, als sie wie aus dem Nichts ein Räuspern hörte. Jetzt erst entdeckte sie einen Mann mit einem grau melierten Bart, der in einem grünen Samtsessel saß und seine Zeitung auf den kleinen runden Tisch vor sich legte. *Mit großer Wahrscheinlichkeit ist er der Inhaber dieser Buchhandlung.*

»Guten Tag, junges Fräulein! Wie kann ich behilflich sein?«

»Hallo … Guten Tag«, antwortete Lior schüchtern, zupfte ihren durchnässten Mantel zurecht und überlegte, wie sie sich nun am besten vorstellen sollte. Sie musste unbedingt die Stelle als Aushilfskraft bekommen.

»Wie kann ich helfen?«, wiederholte der Mann.

»Ich … Ich glaube eher, dass ich Ihnen helfen kann!«, entgegnete Lior und hoffte dabei, selbstsicher zu klingen.

»So, so … Und bei was genau?«, erwiderte er neugierig und erhob sich dabei von seinem Sessel. Ihr fiel das Namensschild auf seiner Jacke auf.

»Ihr Schild draußen. Sie suchen doch Verstärkung, Herr Lumi. Ich kann *sehr* gut lesen und schreiben«, betonte sie. »Außerdem liebe ich Bücher und würde alle Aufgaben, die erwartet werden, gerne und sorgfältig für Sie erledigen.«

Der Mann zwirbelte seinen Bart. »Ich kenne eigentlich jeden einzelnen Einwohner aus unserem Ort, dich habe ich jedoch noch nie gesehen. Wie heißt du denn?« Sie wollte ihm gerade ihren Namen verraten, da hörte sie jemanden für sie antworten.

»Lior?!« Auch Herr Lumi hörte die Stimme, die vom Erdgeschoss ihren Namen rief. Lior machte ein paar Schritte zurück zum Geländer und schaute die Wendeltreppe hinab. Es war Agathi, die suchend durch das Geschäft lief.

»Ich bin hier oben!«, machte Lior auf sich aufmerksam, doch bereute es sofort. *Wenn Agathi mich vor Herrn Lumi wie ein kleines Kind behandeln oder sogar ausschimpfen wird, dann ist es bestimmt vorbei mit der Arbeitsstelle und der Möglichkeit, genug Geld zu verdienen ...*

»Dem Herrn sei Dank!«, rief Agathi völlig außer Atem und stieg ebenfalls die Stufen zur Teestube hoch. »Ich hatte dich schon überall gesucht, und die Frau von der Poststelle sagte, sie hätte ein Mädchen mit Zöpfen hier reingehen sehen.« Agathi nahm ihren schicken Hut ab. »Guten Tag, Hector«, grüßte sie Herrn Lumi freundlich und wandte sich direkt wieder an Lior. »Nachdem du so lange weg warst, hatte ich schon befürchtet, dass du dich verlaufen hast.«

»Agathi ... Entschuldige bitte. Ich bin nur falsch abgebogen, und als es anfing zu regnen, bin ich hier rein«, sprach Lior die Unwahrheit aus.

»Das junge Fräulein gehört also zu dir, Agathi?«, warf Herr Lumi ein. »Ich hatte mich schon gewundert, warum ich dieses Gesicht noch nicht kenne.«

»Richtig, Hector, Lior gehört zu mir.« Agathi lächelte und legte ihre

Hand auf Liors Arm, während Lior Agathis Blick folgte, der jetzt auf das Familienerbstück im Korb gerichtet war.

Vielleicht weiß Agathi jetzt, warum ich nicht zum Markt gegangen bin. Sie grübelte, welchen Grund sie ihr dafür nun nennen sollte, dass sie ihr Erinnerungsbuch mitgenommen hatte.

Doch Agathi ließ sich merkwürdigerweise nichts anmerken und strich stattdessen mit ihren Fingern eine lockige Strähne aus Liors Gesicht. Sie sah Lior dabei direkt in die Augen, sodass Lior klar wurde: *Sie ahnt, dass ich zum Gleis wollte.* Ängstlich hielt Lior den Atem an.

»Du bist ja erst gestern angereist. Verständlich, dass du nicht sofort zum Markt gefunden hast. Komm, es regnet nicht mehr, dann gehen wir jetzt gemeinsam dorthin.« Lior atmete aus und nickte erleichtert, ohne ein weiteres Wort zu sagen. Sie schämte sich für die Lüge, die sie Agathi erzählt hatte. *Zu lügen ist nicht der richtige Weg, um mein Problem zu lösen.* Oma hatte mal gesagt:

Einer Lüge folgt stets die nächste Lüge. Es sei denn, man begreift, welche Folgen die Unwahrheit haben kann.

Agathi unterhielt sich noch ein wenig mit Herrn Lumi, bevor sie sich verabschiedete. »… und herzliche Grüße an die Familie!«

»Auf Wiedersehen!«, murmelte Lior und folgte Agathi.

Als beide unten an der Tür angekommen waren, rief Herr Lumi, der hinter ihnen auf den Treppenstufen stand, noch etwas hinterher: »Aber was ist nun mit der Stelle, die du gerne besetzen wolltest, Fräulein Lior?«

Verwirrt und mit fragendem Gesichtsausdruck schaute Agathi abwechselnd zu Herrn Lumi und Lior.

»Ich hatte Herrn Lumi angeboten, ihm auszuhelfen«, ließ Lior Agathi sofort wissen. Sie zeigte auf das Schild, das draußen vor dem Eingang stand. »Ich wollte dich natürlich fragen, ob das in Ordnung wäre, wenn ich etwas Geld verdiene?«

Agathi schien nachzudenken, setzte sich ihren Hut wieder auf und blieb zunächst einen Moment still. »Ich bin nicht sicher, Lior … Vielleicht solltest du dir erst mal etwas Zeit nehmen, um hier wirklich anzukommen und …«

»Also ich kann Hilfe sehr gut gebrauchen. Bald schon beginnt das Weihnachtsgeschäft, dann müssen hier täglich Geschenke eingepackt werden«, warf Herr Lumi ein.

»Aber hier ist doch jeden Tag Weihnachten!«, sagte Agathi lachend.

»… und genau deswegen brauche ich dringend Verstärkung!«, behauptete Herr Lumi und zwinkerte Lior dabei zu.

Lior traute sich kaum, Agathi anzusehen, und wartete gespannt. Kurz darauf fuhr Agathi fort: »Also, wenn es keine körperlich zu anstrengenden Tätigkeiten für ein so junges Mädchen wie dich sind und du das gerne machen möchtest, willige ich ein.«

Lior freute sich und lächelte dankbar zu Herrn Lumi hinüber, der an ihr schnurstracks mit einem Grinsen vorbeiging, das Schild draußen zusammenklappte und hinter den Tresen mit der Kasse stellte. Er schüttelte verblüfft den Kopf.

»Dass ich so schnell die Stelle vergebe, hätte ich nicht erwartet. Das Schild hatte ich erst wenige Minuten vor deinem Besuch hier aufgestellt.« Herr Lumi lachte erfrischend herzlich und reichte erst Lior und dann Agathi die Hand. »Ich bezahle dem Fräulein einen fairen Lohn immer zum Ende des Monats.« Er wandte sich erneut Lior zu. »Dann schlage ich vor, du kommst am Montag um zehn Uhr erst mal für vier Stunden her!«

Lior nickte freudig. Das Problem schien gelöst zu sein, und sie war stolz darauf, eine Möglichkeit gefunden zu haben, um bald schon die Heimreise anzutreten. Und wenn sie erst mal zurück wäre, würde Mutter sie bestimmt nicht erneut fortschicken. Lior wollte ihr zeigen, dass sie auf sich selbst aufpassen konnte.

Der Regenbogen war immer noch am Horizont zu erkennen, und Lior war zuversichtlich, dass ihr Plan aufgehen würde.

Sie begleitete Agathi erst durch die kleine Gasse zum Markt und folgte ihr wortlos über einen Kieselsteinweg, der auf beiden Seiten von unzähligen Bäumen geschmückt war. Die Sonne strahlte durch die Baumkronen hindurch, und der Herbstwind ließ die bunten Blätter umhertanzen. Bei jedem ihrer Schritte fiel Lior auf, wie sich das Laub vor ihr auf die Erde legte, als würden die Blätter ihr die Richtung weisen. Lior war fest davon überzeugt, dass ihr Weg bald schon nach Hause führen würde.

Sie war sich so sicher, wie nur ein Kind voller Hoffnung es sein konnte.

Kapitel 5

EINE NACHRICHT FÜR LIOR

Genau zwanzig Minuten vor zehn Uhr stand Lior an diesem Montag erneut zwischen dem Bahnsteig und der Buchhandlung. Heute aber galt die Aufregung ihrem ersten Arbeitstag. Lior, die sich ihre Haare zu zwei Zöpfen geflochten hatte, betrachtete sich noch ein letztes Mal im glänzenden Schaufenster, rückte ihren Mantel zurecht, nickte ihrem Spiegelbild ermutigend zu und öffnete die Tür zu *Lumis Bücherwelt*. Das Glockenspiel erklang, doch Herr Lumi bemerkte sie anscheinend nicht. Er saß hinter dem Tresen neben der goldverzierten Kasse und las kopfschüttelnd die Meldungen in der Zeitung.

In seinem grau melierten Bart befand sich ein Klecks roter Marmelade und noch zahlreiche Brotkrümel seines Frühstücks, welches vor ihm auf einem Teller lag. Lior versuchte, sich das Kichern zu verkneifen, indem sie ihn schnell begrüßte.

Herr Lumi, der im selben Moment einen Schluck Kaffee trank, erschrak so sehr, dass er sich verschluckte und rot wie das Marmeladenglas auf dem Tresen anlief. »Tut mir leid, ich wollte Sie nicht erschrecken«, entschuldigte sich Lior und wusste nicht, wie sie ihm in diesem unangenehmen Augenblick helfen sollte. Herr Lumi hustete

mehrmals kräftig, hielt sich seine Hand ans Herz und sah Lior mit wippendem Kopf an. Gerade als sein Husten sich beruhigt hatte, fing er doch glatt an, sich herrlich über sich selbst zu amüsieren, indem er laut loslachte.

Lior fühlte sich auf der Stelle von seinem Lachen angesteckt. Obwohl Herr Lumi gleich wieder husten musste, bemerkte sie, dass seine Augen sie immer noch freudestrahlend ansahen. Er besaß eine Herzlichkeit in seinem Blick, die stark an ihren Papa erinnerte. Liors Vater hatte zwar dichtere Haare auf dem Kopf gehabt, und auch die Körperstatur unterschied sich deutlich, aber auch wenn Herr Lumi kleiner und kräftiger gebaut war als er, ähnelten sie sich in ihrer Freundlichkeit, die selbst dann zum Vorschein kam, wenn sie nicht sprachen.

Herr Lumi spülte einen weiteren Schluck Kaffee hinterher, atmete einmal tief durch und stand von seinem Stuhl auf, um sie zu begrüßen. »Fräulein Lior … guten Morgen!« Sein Blick wanderte auf die mit Tannen verzierte Kuckucksuhr. »Noch haben wir nicht zehn Uhr«, stellte er verblüfft fest. »Für deine Überpünktlichkeit hast du dir erst mal eine Süßigkeit verdient.« Er griff nach einer großen Schale, die er unter der Kasse hervorholte. »Such dir etwas aus! Oder nimm gleich zwei … oder drei …«, bot er ihr grinsend an. Golden verpacktes Nougat, Zuckerstangen, bunte Schokoladentafeln und Karamellbonbons gab es zur Auswahl. Lior staunte über die prall gefüllte Süßigkeitenschale und wusste nicht, für was sie sich entscheiden sollte.

»Ich nehme … das hier!«, sagte sie schließlich und steckte die Tafel Schokolade in ihre Manteltasche.

»Nicht so bescheiden, liebes Fräulein. Hier hast du noch eine zweite«, entgegnete Herr Lumi und nahm sich gleichzeitig selbst ein Bonbon, das schneller in seinem Mund landete, als Lior gucken konnte, und noch ein weiteres, welches er in sein dunkelgrünes Samtjackett steckte. Die Abbildungen auf der großen Schale hatten erstaunliche Ähnlichkeit mit dem Porzellan von Agathi. Sogar der Frühstücksteller und die Tasse von Herrn Lumi waren ebenso schön verziert wie der Becher, aus dem sie im Heim getrunken hatte. Sie betrachtete das Geschirr genauer. Zweige mit roten Beeren, verschneite Tannen, kleine Geschenkpäckchen …

»Hast du Hunger? Möchtest du etwas essen?«, fragte Herr Lumi mit fürsorglichem Blick. Vermutlich hatte er angenommen, dass Lior deswegen seinen Teller anstarrte. »Nur wer gut frühstückt, besitzt die nötige Energie, um kluge Entscheidungen zu treffen!«, teilte er ihr mit, als wäre das eine sehr wichtige Lektion, die sie sich merken sollte. »Ich bediene nicht *einen* Kunden, ehe ich nicht ein gesundes Frühstück zu mir genommen habe«, erzählte er weiter und steckte sich dabei das Bonbon aus der Jackentasche in den Mund, ehe er Lior das Glas mit der Himbeermarmelade hinstellte. »Die hat meine Frau Thea gemacht, die solltest du probieren. Ich bringe dir ein Stück Krustenbrot und gesalzene Butter aus dem Vorratsraum dazu.« Mit erhobenen Händen schüttelte Lior den Kopf. »Nein, bitte keine Umstände, Herr Lumi. Das ist sehr freundlich, aber ich habe bereits gegessen«, erwiderte sie kichernd. Seine Art zu sprechen empfand sie als sehr lustig, und weil die Krümel immer noch in seinem Bart steckten und das viel zu komisch aussah, presste sie schnell die Lippen zusammen, um nicht loszulachen.

Herr Lumi setzte sich wieder hin. »In Ordnung, aber dass du mir hier nicht vor den Kunden umfällst vor Hunger«, antwortete er scherzhaft. Lior nickte und zeigte auf seinen Teller. »Agathi besitzt so was sehr Ähnliches. Ich habe noch nie zuvor so schönes Geschirr gesehen.« Herr Lumis Mundwinkel verzogen sich zu einem Grinsen. »Dieses

Porzellan gibt es weit und breit nur bei uns in *Lumis Bücherwelt!*«, betonte er überaus stolz. »Und die gute Agathi hat es von meiner Familie und mir für das Heim als Einweihungsgeschenk bekommen. Es soll das erste Weihnachtsfest zu einem ganz besonderen machen.«

»Das erste Weihnachtsfest?«, wiederholte Lior ungläubig.

Herr Lumi wischte die Krümel vom Tresen. »Ja, für die Kinder wird es das erste unter Agathis Dach sein. Das Heim wurde ja erst Ende März fertig umgebaut, und nur kurz danach waren schon Arthur, Fiona, Peter, Svea und die kleine Isabell da. Ich habe sie alle natürlich schon kennengelernt. Bezaubernde Kinder … wirklich bezaubernd …«

»Das wusste ich nicht«, murmelte Lior verwundert und beobachtete Herrn Lumi dabei, wie er schon wieder etwas aus der Schale naschte.

»Und deswegen hoffe ich sehr, dass unser Weihnachtsgeschirr euch etwas Freude bringen kann«, erklärte er.

Lior schaute ihn an und musste gestehen, dass ihr der Buchhändler mit jedem Satz sympathischer wurde. Denn nicht viele Menschen waren so großzügig wie Herr Lumi.

Lior hatte eine Großtante, die so viel Reichtum von ihren Eltern geerbt hatte, dass sie davon ein ganzes Dorf hätte ernähren können. Zumindest laut ihrem Papa. Diese Großtante wollte aber stets alles nur für sich behalten und war so habsüchtig gewesen, dass sie nicht einmal einem Bettler etwas zu essen gegeben hatte, obwohl es in ihrem großen Haus im Überfluss vorrätig gewesen war. Und aus Angst, ihr Geld könnte schrumpfen, entschied sie sich dafür, ihr Leben allein zu verbringen, um niemandem außer sich selbst etwas abgeben zu müssen. Lior erinnerte sich noch gut daran, als diese Tante verstorben und ihr Papa von der Beerdigung sichtlich bedrückt zurückgekehrt war. Er erzählte, dass niemand außer ihm und dem Priester am Grabe gestanden hatte, um Abschied zu nehmen. Es schmerzte ihn, dass seine Tante sich für ein einsames Leben entschieden hatte. Sie besaß weder Familie, die sie liebte, noch Freunde, die sie schätzten, oder irgendjemanden, der sie vermissen würde. Ihr Tod hatte nicht eine schöne Erinnerung an sie hinterlassen. Folglich hatte ihr Papa zu Lior gesagt:

Wahren Reichtum besitzt nur der Mensch, der mehr Freude im Geben als im Nehmen empfindet. Denn wenn wir uns von dieser Welt verabschieden – nehmen wir nichts mit! Wir können aber Spuren im Herzen hinterlassen, die liebevoll an uns erinnern.

Bevor Herr Lumi die Schale mit den Süßigkeiten zurückstellte, streckte er diese Lior erneut entgegen und hob fragend seine Augenbrauen. Lior war einverstanden und nahm sich nun eine Zuckerstange heraus. »Die bewahre ich mir für später auf!«, erklärte sie, als aus heiterem Himmel die Uhr ertönte. Kuckuck, Kuckuck, Kuckuck. Vor Schreck zuckte Lior zusammen. Der kleine Vogel kam immer wieder aus seinem schneebedeckten Häuschen und brachte sie und Herrn Lumi zum Lachen.

Hier – in Lumis Bücherwelt – ist es verrückt schön, stellte Lior erfreut fest. Sie stand inmitten einer Weihnachtswelt, die schöner nicht sein könnte. Die Lokomotive, die sie am Tag ihrer Ankunft durch das Fenster gesehen hatte, fuhr pünktlich um zehn Uhr durch den Laden und machte nebenbei die typischen Dampfgeräusche. Herr Lumi hatte das Schild an der Tür umgedreht, sodass alle sehen konnten, dass nun *geöffnet* war.

»Warum ist es hier eigentlich schon weihnachtlich geschmückt?«, wollte Lior wissen.

»Bei uns ist jeden Tag Weihnachten«, entgegnete Herr Lumi. »Das ganze Jahr! Und genau das macht *Lumis Bücherwelt* zu einem besonderen Ort«, erklärte er weiter, drehte sich dabei um sich selbst und streckte seine Arme aus, als wollte er das Geschäft präsentieren. Dann schaute er sie wieder an und sagte etwas leiser: »Es sah aber nicht immer so aus!«

Lior wartete gespannt und bemerkte zugleich die Weihnachtskarten neben der Kasse. Wenn Herr Lumi jetzt noch einen roten Mantel getragen hätte, hätte sie doch glatt geglaubt, er sei der Nikolaus! So herzlich und freundlich wie die nostalgischen Bilder auf den Karten wirkte sein ganzes Wesen. Er legte eine Schallplatte in den Spieler und – wie könnte es auch anders sein – es erklang besinnliche Weihnachtsmusik.

»Ich erzähle dir von unserem Weihnachtswunder«, begann Herr Lumi, wurde aber im selben Moment von dem Glockenspiel über der Eingangstür unterbrochen.

»Schönen guten Morgen, Herr Lumi!«, rief eine Frau von der Tür aus. »Sind die Bücher und die Taschenuhren eingetroffen?«

»Ich grüße Sie, liebe Frau Nachbarin. Ja, ja … Ich habe schon auf Sie gewartet«, entgegnete er und holte ein Paket aus dem Schrank.

Ein Blick auf die Kuckucksuhr verriet Lior, dass es inzwischen schon einige Minuten nach zehn Uhr war. Lior wollte unbedingt ihr Wort halten, dass sie tatsächlich so fleißig arbeiten würde, wie sie es ihm letzte Woche noch zugesichert hatte, und nun ihren Aufgaben nachgehen. *Aber wo soll ich anfangen?* Sie hing ihren Mantel und ihre Mütze an den Kleiderständer und lief anschließend aufmerksam durch den Laden. Sie stellte schnell fest, dass viele Bücher unübersichtlich in den Regalen gestapelt lagen. »Hier ist ja ein Durcheinander«, murmelte sie vor sich hin.

»Fräulein Lior, magst du die Bücher abstauben?«, rief Herr Lumi ihr zu, während er die Ware für die Kundin in eine Tasche legte. »Die Tücher liegen im Schrank gleich hinter dir in der oberen Schublade.«

»Selbstverständlich!«, antwortete sie und fing direkt damit an, ein Buch nach dem anderen zu säubern und alphabetisch wieder einzusortieren. Es fühlte sich für Lior gar nicht nach Arbeit an. Umgeben von unzähligen Büchern, mit Blick auf die bezaubernde Dekoration und mit der besinnlichen Melodie aus dem Schallplattenspieler war es der faszinierendste Ort, den sie je gesehen hatte. Lior musste sich beherrschen, um nicht jedes einzelne Buch neugierig aufzuschlagen und darin zu lesen. Sie war schließlich zum Arbeiten hier. Lesen gehörte jedoch zu Liors liebsten Beschäftigungen, und ganz gleich, was sie las, sie lernte stets etwas dazu.

Mehrere Kunden hatten mittlerweile das Geschäft betreten, und Herr Lumi bediente jeden mit seiner erfrischend witzigen Art. Leise summte Lior die Melodie mit, als eine zweite Kuckucksuhr, die mit einem Rehkitz, Tannen und Fliegenpilzen verziert war, mit ihrem Gezwitscher darauf aufmerksam machte, dass bereits vier Stunden vergangen waren. »Was, so schnell?«, wunderte sie sich.

Gerne hätte Lior weiter Bücher einsortiert, aber dann fiel ihr ein, dass Agathi sicherlich auf sie wartete und sie nicht einfach länger als vereinbart hierbleiben durfte.

Sie nahm ihren Mantel vom Haken, setzte ihre rote Mütze auf und wartete, bis der Mann an der Kasse bezahlt und sich von Herrn Lumi verabschiedet hatte.

»Danke, Hector! Meine Kinder werden sich über die Spieluhr sehr freuen. Grüß Thea von mir!«

Der Mann ging mit seinem Einkauf hinaus, und Lior stellte sich an den Tresen.

»Ich würde dann jetzt gehen, Herr Lumi«, sagte sie und zeigte in die rechte Bücherecke. »Ich habe mir eine Markierung im Regal gemacht, damit ich morgen genau da weitermachen kann.«

Gerade als Herr Lumi antworten wollte, kam auch schon der nächste Kunde herein.

»Vielen Dank, Fräulein Lior. Ab morgen kannst du stets um dreizehn Uhr beginnen!«, verabschiedete er sich kurz und begrüßte sogleich den jungen Herrn, der nach einem besonderen Geschenk für seine Verlobte suchte.

Auf dem Weg zurück ins Heim wehte ein starker Wind, der durch die kleine Gasse pfiff, in die Lior eingebogen war. Sie hielt mit einer Hand ihre Mütze fest, damit diese bloß nicht von ihrem Kopf fiel. Die Luft war heute viel kälter als gestern, und Lior bemerkte, dass die Baumkronen deutlich kahler geworden waren. Im nächsten Moment entdeckte sie ein großes, leuchtend rot-gelbes Ahornblatt vor sich im Laub. *Das würde sich als Lesezeichen sehr gut machen*, dachte sie, und da es ihr so gut gefiel, hob sie es schnell auf, ehe es weggeweht wurde. Das Blatt hatte sie nun, aber ihre rote Lieblingsmütze dafür nicht mehr.

»O nein, bleib hier!«, rief sie hinterher, als könnte die Mütze sie hören. Lior rannte los, um sie wieder einzufangen. In all der Eile übersah sie jedoch jemanden, der gerade um die Ecke kam, und plötzlich mit Lior zusammenprallte. Sie fiel ruckartig zu Boden, und auch der junge Mann landete im Laub.

»Tut mir leid!«, entschuldigte sich Lior bei ihm. Er sprang sofort auf und bot ihr seine Hand, aber Lior schaffte es allein auf die Beine.

»Hast du dich verletzt?«, fragte er mit besorgter Stimme. »Entschuldigung, du warst so schnell, ich habe dich wirklich nicht kommen sehen.«

»Nein, nein … Ist schon gut. Das war ja nicht deine Schuld«, antwortete sie knapp und drehte sich in alle Richtungen, aber ihre Kopfbedeckung war nirgends zu sehen. »O nein, meine Strickmütze ist weg!«, jammerte sie und blickte dabei in alle Richtungen.

»Soll ich dir bei der Suche helfen?«, bot er ihr an, aber Lior schüttelte den Kopf und erkannte in der Ferne, wie dicke graue Wolken den Himmel bedeckten. Mit einem Mal wehte es so stark durch die kleine Gasse, dass sogar Liors Zöpfe hin- und herwackelten. Sie musste schnell weitersuchen, ehe der Sturm noch stärker werden würde. Ohne ein weiteres Wort zu sagen, lief sie mühsam dem heulenden Wind entgegen, als auch noch dicke Regentropfen auf sie hinunter prasselten. Sie schaute noch einmal zurück und konnte sehen, dass der hilfsbereite junge Mann immer noch in ihre Richtung blickte. Ruckartig kehrte sie ihm den Rücken zu. *Bin ich ihm schon mal begegnet? Er kommt mir so bekannt vor …*

Der Gedanke beschäftigte sie jedoch nicht länger und verflog genau so schnell wie die Blätter, die vor ihr vom Winde verweht wurden.

Am Heim angekommen, klopfte sie kräftig an die rote Tür und betrachtete die Schrift, die darüber geschrieben stand. *EGO HIC DOMI. Was hatte Agathi noch mal gesagt?*, überlegte Lior. *Ach ja, es bedeutet ›Ich bin hier zu Hause‹.*

Die Tür ging auf und Arthur sah Lior mitleidig an. »Na, du bist ja nass geworden …«

»Hallo, Arthur«, grüßte sie ihn etwas mürrisch und zog sich die Stiefel aus. Lior war wütend auf sich selbst, weil sie ihre Lieblingsmütze nicht mehr gefunden hatte. Agathi kam aus der Küche, umwickelt von einer Backschürze, an der noch Mehl haftete.

»Lior, ich hoffe, dein erster Arbeitstag war angenehmer als das Wetter draußen.« Sie reichte ihr ein Tuch, um sich das Gesicht zu trocknen, und nahm ihr gleichzeitig den nassen Mantel ab. »Geh dich lieber umziehen, bevor du dich noch erkältest.«

Tatsächlich war Lior bereits kalt, und so stieg sie schnell die Treppenstufen hoch.

»… und in der Küche liegt ein Brief für dich«, rief Agathi ihr nach.

»Ein Brief?«, wiederholte Lior verblüfft.

Ungeduldig eilte sie in das Zimmer, wo sie ihren Koffer abgestellt hatte. Ihre Kleidung lag immer noch darin. So, als ob man die Absicht hätte, bald wieder abzureisen. Und das hatte Lior ja auch. Sie griff nach einem gestrickten Pullover und stülpte sich ein neues Paar bunte Wollstrümpfe über die Füße. Isabell betrat das Zimmer, und Lior erinnerte sich an die Zuckerstange, die noch in ihrem Mantel steckte.

»Komm, Isabell, ich habe etwas für dich.« Beide liefen rasch nach unten, und Lior schenkte dem kleinen Mädchen die Süßigkeit. Isabell machte große Augen und lächelte. Ihr lockiges Haar glänzte goldblond wie die des Christkinds, das Lior in der kleinen Krippe in

Lumis Bücherwelt gesehen hatte.

In der Küche hielt Agathi den Brief bereits in der Hand. »Du kannst ihn vor dem Kaminofen lesen«, schlug sie Lior vor. »Dort kannst du dich aufwärmen.«

Aufgeregt hielt Lior den Umschlag fest. Es war aber keine persönliche Handschrift darauf, sondern nur getippte Buchstaben einer Schreibmaschine, wie es bei Telegrammen üblich war. Ein Stempel der Poststelle mit dem heutigen Datum war darauf vermerkt:

28. September 1959

Lior öffnete den Umschlag, setzte sich auf das blumige Sofa vor dem warmen Ofen und begann die Zeilen zu lesen, die an sie gerichtet waren.

AN LIOR

AM 1. OKT. WERDE ICH MIT DER ARBEIT IM KRANKENHAUS BEGINNEN. DIE KOSTEN FUER DAS HAUS SIND NICHT LAENGER TRAGBAR. ICH BIN GEZWUNGEN, ERHEBLICHE SUMMEN EINZUSPAREN, DAHER WERDE ICH DICH ERST KURZ VOR WEIHNACHTEN BESUCHEN. ICH WUENSCHE DIR ALLES GUTE UND SENDE GRUESSE • DEINE MUTTER

»Erst kurz vor Weihnachten?«, wiederholte Lior die Worte, die sie soeben gelesen hatte. Sie starrte auf das Papier. Lior wusste, dass Telegramme teuer waren und daher oft kurzgehalten wurden, jedoch hätte sie sich wenigstens ein paar aufmunternde Worte gewünscht.

Bedrückt las sie noch dreimal die getippten Zeilen durch. Lior grübelte. *Wenn ich noch bis dahin in Lumis Bücherwelt arbeiten werde, könnte ich Mutter beweisen, dass auch ich ganz gewiss in der Lage bin, genug Geld zu verdienen, um mich an den Kosten für das Haus zu beteiligen. Dann wäre ich keine finanzielle Last, sondern ganz im Gegenteil – eine Unterstützung! Mutter wird mich dann bestimmt wieder mit nach Hause nehmen ...* Sie überlegte noch eine Weile und nahm sich vor, ihren gesamten Lohn bis zum Besuch ihrer Mutter zu sparen, sich dann eine Fahrkarte zu kaufen, um kurz vor Weihnachten mit ihr zurückzukehren. Dieser Plan gefiel Lior viel besser, anstatt – wie ursprünglich geplant – heimlich in den Zug zu steigen. Sie lehnte sich zurück, und ihr Blick wurde von den Flammen des Kamins eingefangen. Das Brennholz im Ofen knisterte, aus der Küche duftete es nach frisch gebackenem Brot, und der Regen prasselte gegen die Fenster. Ein gemütlicher, beinahe sorgloser Augenblick. Lior faltete das Telegramm zusammen und freute sich dennoch. »Bald bin ich zu Hause«, flüsterte sie sich selbst zu. Auch wenn ihr Papa und ihre Oma nicht mehr da waren, hatte sie das Gefühl, dass sie ihnen nur dort näher sein konnte.

Lior vermisste die Zeit mit ihnen sehr. So sehr, wie nur ein Kind, das seine Familie liebt, vermissen kann.

AGATHI

Der eisige Wind wehte dem klappernden Fenster entgegen, als wollte er hinein, um sich vor seiner eigenen Kälte zu schützen. Agathi hatte recht, der Winter ließ nicht mehr lange auf sich warten. Durch die rüttelnden Geräusche erwachte Lior an diesem Morgen, als das ganze Dorf noch still und es draußen noch sehr dunkel war. Diesmal zog sie die Bettdecke nicht bis zu den Augen hoch, da der Mond hell genug durch das Fenster schien, um dem Zimmer die Finsternis zu nehmen. Vergeblich versuchte Lior, wieder einzuschlafen, doch in Gedanken las sie immer wieder die Nachricht, die sie von Mutter erhalten hatte. Lior dachte viel nach, und auch darüber, wie sich nach dem Tod eines geliebten Menschen manchmal das ganze Wesen der Hinterbliebenen verändern konnte. Als wäre alles Glück der Welt für immer und ewig erloschen, konnte Mutter an keinem einzigen Tag mehr einen noch so kleinen Funken Freude empfinden.

Lior dagegen fand *Trost in Hoffnung*. Sie glaubte fest daran, dass man auch nach dem Leben auf dieser Welt wieder mit seinen Liebsten vereint sein würde.

Der Tod gehört zum Leben dazu, hatte ihr Papa oft gesagt.

Und wer diesen Glauben in sich trägt, braucht keine Angst zu haben, denn der Tod ist nicht das Ende, versprach er Lior.

Die Wunde in ihrem Herzen war dennoch tief, und Lior sehnte sich danach, dass die Zeit eines Tages den Schmerz über den Verlust heilen würde. Lior war erst acht Jahre alt, als ihr Papa erkrankte. Irgendwie war dann alles ganz plötzlich und viel zu schnell gegangen. Doch selbst wenn die Tage langsam vorbeigezogen wären, wäre ein Abschied schmerzlich geblieben. Liors Papa hatte nicht nur bei Mutter, sondern auch in ihrem Leben eine unersetzliche Lücke hinterlassen. *Aber bin es nicht ich, die getröstet werden sollte?*, hatte sich Lior schon so oft gefragt. *Warum konnte Mutter nicht für mich da sein, als ich sie am meisten brauchte? Was wäre geschehen, wenn Oma nicht da gewesen und sich um mich gekümmert hätte? Vermutlich wäre ich schon früher in ein Heim geschickt worden ...*
Die Bettdecke hatte Lior nun doch über ihr Gesicht gezogen, und sie weinte leise. Bei der ersten Träne erinnerte sie sich:

Tränen der Trauer sollen zu Tränen der Freude werden.

Dies waren Papas letzte Worte an sie gewesen, bevor er friedlich eingeschlafen war, aber nicht mehr in ihrer Welt erwachte. Er hatte Lior gebeten, ihm zu versprechen, dass **selbst wenn ihr Lachen einige Zeit auf Reisen gehen würde, es dennoch zu ihr zurückkehren sollte**.
Sie schluchzte unter der Decke, als sie plötzlich eine Hand auf ihrem Kopf spürte.
»Lior, kann ich dir helfen?«

Sie erkannte Agathis sanfte Stimme, versteckte jedoch weiter ihr Gesicht und war schon wieder wütend auf sich selbst.

»Ich wollte dich nicht wecken. Entschuldigung, Agathi.«

»Das hast du nicht, keine Sorge! Ich lag schon länger wach«, flüsterte sie. »Ich setze mich gleich in die Küche, möchtest du liegen bleiben oder mitkommen?« Aber Lior reagierte nicht. »Ich bin unten, wenn du es dir anders überlegst«, ließ Agathi sie wissen, streichelte ihren Kopf und verließ das Zimmer. Nach einer Weile entschied sich Lior, ihre Tränen zu trocknen, stieg leise aus dem Bett, wickelte sich eine Strickjacke um und machte ein paar Schritte zur Wanduhr. Es war erst kurz vor sechs in der Früh. Möglichst leise stieg sie die Treppen hinab, wobei das Knarzen des Holzes einfach nicht zu vermeiden war. Mit verlegenem Blick betrat sie die Küche, in der Agathi in ihrem karierten Morgenmantel und mit offenen, langen Haaren am Herd stand. Agathi lächelte sie liebevoll an, und ihre Augen funkelten dabei.

»Ich mag es, morgens – wenn noch alle schlafen – aufzuwachen, um die Stille um mich herum zu genießen«, erzählte sie und stellte den Wasserkessel auf die Herdplatte. »Ich koche mir einen Kaffee und dir einen Kräutertee, einverstanden?«

Lior nickte und setzte sich vor das Sprossenfenster. Die anderen Kinder schliefen ja noch, also gab es freie Auswahl an Sitzplätzen. Obwohl es auch eine elektrische Lampe gab, zündete Agathi die vielen Kerzen vor dem Fenster und die auf dem Tisch an.

»Kerzenschein gibt einem Raum Gemütlichkeit«, erklärte sie.

Lior sah sich die Küche genauer an. Der rustikale Holztisch, die Laternen, die vielen Kräutertöpfe, die Bilder an der Wand und vor allem Agathi. Ihr Wesen hatte eine beruhigende Wirkung auf Lior und vermittelte dem Raum mindestens so viel Heimeligkeit, wie die leuchtenden Kerzen.

»Könntest du bitte Brennholz in den Ofen werfen, solange ich den Tee und Kaffee aufgieße?«, fragte Agathi. »Dann wird es uns gleich schon wärmer.«

Als Lior der Bitte nachgegangen war und genug Holz im Kamin brannte, blieb sie im Flur vor der eingerahmten Fotografie stehen, auf der sie Agathi neben einem Mann in Hochzeitsgarderobe erkannte.

Zurück in der Küche fragte Lior aber noch mal nach, denn so ganz sicher war sie sich nicht. »Das bist doch du auf dem Hochzeitsfoto, oder?«

»Ja, es ist mein liebstes Bild mit meinem verstorbenen Ehemann«, antwortete Agathi und hatte dabei einen besonderen Glanz in ihren Augen. »Er war Kinderarzt und hatte ein gütiges Herz«, sprach sie weiter und klang irgendwie immer noch verliebt.

Sie servierte Lior nebenbei den Tee in einer der schönen Tassen aus *Lumis Bücherwelt*. Lior bedankte sich, aber eine Frage lag ihr noch auf dem Herzen. »Ist er schon lange … fort?« Lior mochte das Wort *tot* überhaupt nicht, also ersetzte sie es lieber. Denn wer fort war, konnte auch zurückkommen. Zumindest in Gedanken und Träumen, erklärte sie sich selbst.

Agathi nahm den Platz gegenüber von Lior ein und neigte nachdenklich den Kopf zur Seite. »Nein, nicht lange … Und egal, wie viel Zeit vergeht, es wird mir immer wie gestern vorkommen, dass er noch bei mir war.«

So geht es mir auch mit Papa, gab Liors innere Stimme zu. Aussprechen wollte sie es jedoch nicht.

Agathi trank ihren Kaffee, und nach einem stillen Moment erzählte sie weiter. »Wir wussten irgendwann, dass ihm nicht mehr viel Zeit blieb, und entschieden gemeinsam, die vielen Räume in diesem Haus, in denen mein Mann als Arzt gearbeitet hatte, umzubauen, um weiterhin Kindern helfen zu können.« Sie nahm erneut einen vorsichtigen Schluck aus ihrer dampfenden Tasse, schaute aus dem Fenster und spielte gleichzeitig mit ihrem Ehering, den sie noch an ihrem Finger trug. Lior blieb still. Sie wusste, dass Agathis Gedanken jetzt bei ihrem Mann waren. Obwohl sie schwiegen und Lior Agathi nicht gut genug kannte, spürte sie in diesem Augenblick eine Verbundenheit. Beide hatten geliebte Menschen verloren und erinnerten sich gern an sie zurück.

Agathi sah immer noch hinaus. »Mein Mann war ein sehr herzlicher Mensch, der den Sinn im Leben darin erkannt hatte, hilfsbereit und großzügig zu sein.« Sie klang nicht nur verliebt, sondern auch stolz, während sie sprach. »Leider war es uns nicht möglich, eine eigene Familie zu gründen, und da ich mir vor vielen Jahren versprochen hatte, wenigstens ein paar Kinder davor zu bewahren, so wie ich aufzuwachsen, indem sie weder Fürsorge noch Liebe erwarten durften, bauten wir unser Haus in das *EGO HIC DOMI* um.«

»Ich bin hier zu Hause«, wisperte Lior. Auch ihr fehlte das Gefühl von Geborgenheit. »Warum dieses Versprechen?«, fragte Lior vorsichtig nach.

»Ich bin ohne Eltern und in verschiedenen Unterkünften aufgewachsen und weiß genau, dass es sich mit hungrigem Bauch nicht einschlafen lässt.«

Jetzt erinnerte sich Lior an die Nacht, als Agathi sie fragte, ob sie noch Kuchen oder Brot essen wollte, und genau das zu ihr gesagt hatte.

»Lior, es ist wichtig zu erkennen, *dass die Vergangenheit eines Menschen nicht sein Schicksal besiegelt.*«

Lior runzelte die Stirn. »Was meinst du damit?«

»Was auch immer uns im Leben widerfährt, selbst wenn es jegliche Hoffnung raubt – das Glück liegt jeden Tag erneut in unseren Händen.

Wir können es besser machen, indem wir nicht so werden, wie die Menschen, die uns verletzt oder gar im Stich gelassen haben.«

Agathis Worte stimmten Lior sehr nachdenklich. »Also deswegen hast du ein Heim gegründet. Damit die Kinder hier ein besseres Leben haben, als du es hattest?«

»Ja, es soll auch Heime geben, die wie ein Zuhause sein können! Und weil ich keine eigenen Kinder habe, denen ich Geborgenheit geben kann, biete ich es nun denen an, die ihr Zuhause verloren haben.«

Während Agathi erzählte, wurde Lior bewusst, welch großes Glück sie hatte, nicht in einer dieser Unterkünfte gelandet zu sein, in denen Agathi aufwachsen musste. Auch wenn Lior bald schon nach Hause gehen würde, Agathis Fürsorge würde sie niemals vergessen.

Langsam brach der Tag an, und ein Fußstampfen im ersten Stockwerk wurde hörbar.

Agathi füllte sich erneut Kaffee ein und fuhr fort. »Als Isabell bei mir abgegeben wurde, stellte ich schnell fest, dass sie vor lauter Kummer im Herzen nicht sprechen kann. So habe ich mir vorgenommen, solange wie es mir möglich ist, für sie da zu sein – bis sie wieder glücklich ist und ihre Stimme zurück zu ihr findet.«

»Aber wo sind ihre Eltern?«, fragte Lior verwundert.

»Das weiß ich nicht. Isabell war damals erst zwei Jahre alt, als sie vor einem Kloster abgesetzt wurde. Danach lebte sie eine Zeit lang bei einer Pflegefamilie, die sich aber nicht richtig um sie kümmern wollte und sie schließlich wieder den Ordensschwestern übergeben hatte. Und kurz nachdem Arthur, Fiona, Peter und Svea hier angekommen waren, wurde auch Isabell zu mir gebracht. Sie hatte es nicht leicht, das erkannte ich sofort in ihren Augen.«

Lior vernahm einige Schritte im Flur, die immer näherkamen. Es war Isabell.

»Komm auf meinen Schoß«, bot ihr Agathi liebevoll an.

Isabells Vergangenheit berührte Lior sehr, und sie tat ihr unheimlich leid.

Agathi sah erst Lior und anschließend Isabell an. »*Auch wer keine Liebe empfangen hat, ist dennoch fähig, Liebe zu geben*«, betonte sie. Und während sie diesen Satz aussprach, lehnte Isabell ihren Kopf an Agathis Schulter. Wie ein Kind, das Trost in den Armen einer Mutter sucht.

Agathi wippte das kleine Mädchen langsam hin und her. »Ich bin mir sicher, eines Tages wird Isabell wieder glücklich sein … Das wünsche ich mir so sehr.«

Die Treppen machten wieder ein knarzendes Geräusch, und das Stampfen von mehreren Füßen wurde nun deutlich. Auch die anderen Kinder waren wach und standen kurz darauf mit verschlafenem Blick in der Küche.

»Heute seid ihr aber früh wach!«, wunderte sich Agathi und lächelte.

»Umso besser, dann haben wir mehr Zeit, die wir miteinander verbringen können.« Ihre Augen leuchteten dabei wie die Sonne, die im selben Augenblick ihre Strahlen durch das Fenster warf.

Lior schaute den Kindern zu, wie sie Agathis Nähe suchten, und freute sich, dass sie alle bei ihr ein Zuhause gefunden hatten. In diesem Moment wünschte sich Lior, dass jeder Mensch so behütet aufwachsen könnte wie die Kinder unter Agathis Dach.

Isabell hüpfte vom Schoß herunter und ging an ihren Platz. Auch Lior setzte sich wieder neben sie, als ganz unerwartet Isabell nach ihrer Hand griff. Lior ließ nicht los. Sie hielt ihre Hand, so wie eine große Schwester es tun würde.

Überrascht blickte Lior zu Agathi, die ebenso erstaunt zu ihnen herübersah. Die kleinen Finger umklammerten Liors Hand, und Isabells eisblaue Augen sahen zu ihr hoch. Genau jetzt war Lior fest davon überzeugt, Agathis Wunsch würde in Erfüllung gehen und Isabell eines Tages wieder sprechen und nie mehr Kummer leiden müssen.

Lior empfand so viel Mitgefühl für Isabell, Peter, Svea, Arthur und Fiona, wie nur ein Kind, das ohne Eltern war, es tun konnte.

Kapitel 7

WUNDER GIBT ES!

Auf Zehenspitzen und mit ausgestrecktem Arm stand Lior vor dem großen Kalender, der hinter der goldfarbenen Kasse an der Wand hing. Sie riss das Blatt mit dem Datum von vergangener Woche ab und wunderte sich, wie schnell die Zeit vergangen war. Schon einundzwanzig Tage lebte Lior nun unter Agathis Dach und unterstützte mehrmals in der Woche Herrn Lumi in seiner Bücherwelt.

An jedem Tag, an dem sie hier gearbeitet hatte, betraten fast ununterbrochen Menschen auf der Suche nach Geschenken das Geschäft. Lior räumte daher nicht nur Bücher ein, sondern fing auch an, Kunden bei der Buch- oder Spielzeugwahl zu beraten, verpackte diese zu schönen Päckchen, sortierte und dekorierte neue Ware im Schaufenster und kochte zwischendurch Tee sowie Kaffee in der Stube auf der oberen Etage. Dort durfte man etwas verweilen, solange der Einkauf verpackt wurde oder selbst wenn die Kundschaft nur etwas lesen wollte. Für die Getränke und das Geschenkeverpacken berechnete Herr Lumi kein Geld, aber stattdessen stellte er heute eine wunderschön verzierte Dose für Trinkgeld auf den Tresen.

»Von nun an dürfen sich die Käufer erkenntlich zeigen«, sagte er, nahm sich einen Zettel und markierte diesen überraschenderweise mit Liors Namen. »Das gehört dann ganz allein dir!«, informierte Herr Lumi sie.

Mit hochgezogenen Brauen stand Lior fragend vor ihm. »Für mich?«

»So ist es! Alle, denen du hier so freundlich begegnest und die du bedienst, dürfen dir als Dank ein paar Münzen geben.«

Verblüfft nahm sie die Dose in die Hand. »Aber Herr Lumi, ich bekomme doch schon Lohn für meine Arbeit«, entgegnete sie ihm.

Er zeigte auf die geordneten und sauberen Regale. »Du arbeitest hervorragend, und das sollte nicht nur von mir anerkannt werden.«

Lior wurde ganz warm ums Herz. »Danke sehr, ich arbeite hier sooo gerne! Außerdem liebe ich Ihren Bücherladen!«, betonte sie lächelnd, als Herr Lumi auch noch drei Münzen in den noch leeren Behälter legte.

»Damit die Kunden auch sehen, was da reingehört! Einige von ihnen sind furchtbar geizig.« Er legte seine Hand seitlich an den Mund und sprach nun etwas leiser, obwohl sich außer ihnen niemand sonst im Laden aufhielt. »Oft sind es diejenigen, die das meiste Geld haben!«

Er schüttelte den Kopf und lachte dabei. Dem konnte Lior wirklich nicht widersprechen und dachte an Papas wohlhabende Tante zurück, die trotz ihres Reichtums niemals etwas geteilt hatte.

Liors Augen schweiften im nächsten Moment durch die Bücherwelt, in der sie nun seit drei Wochen tätig war. *Ich werde diesen Ort und Herrn Lumi sehr vermissen …*

An keinem einzigen Tag, an dem sie ihn angetroffen hatte, war er schlecht gelaunt, mürrisch, geschweige denn unhöflich zu ihr oder zu sonst jemandem gewesen. Egal, wer hier reingekommen war, jeder wurde stets herzlich empfangen und freundlich verabschiedet.

»Herr Lumi, Sie sind die Höflichkeit in Person!«, teilte sie ihm ihren Gedanken mit.

Dass ihre Arbeit so sehr von ihm geschätzt wurde, freute sie sehr. *Papa wäre bestimmt stolz auf mich …*

Ein kurzer Blick auf die kleine, noch verschlossene Tür der Kuckucksuhr zeigte ihr an, dass in fünfzehn Minuten das Geschäft öffnen würde. Dennoch kamen oft genug Menschen vor der Öffnungszeit bereits herein, da Herr Lumi die Tür nicht mehr hinter sich verschließ, wenn er seine Bücherwelt morgens betreten hatte. Seit dem ersten Arbeitstag hatte sie kaum Zeit, mit ihm mehr als ein paar Sätze zu sprechen. Lior wurde nämlich nur noch ab mittags eingesetzt, da für gewöhnlich erst dann die Ware angeliefert wurde. Und jedes Mal, wenn sie in die Buchhandlung hineingegangen war, befanden sich immer Leute darin. Zu längeren Gesprächen kam es also nie. Dafür aber hörte sie gern zu, wenn Herr Lumi der Kundschaft mit seiner lebensfreudigen und lustigen Art aus seinem Leben erzählte. Auch seine kräftige Stimme erinnerte Lior an ihren geliebten Papa.

Heute allerdings hatte sie wieder morgens mit der Arbeit beginnen sollen und war – wie an jedem anderen Tag – überpünktlich. Da fiel ihr auf einmal ein, dass Herr Lumi immer noch nicht erklärt hatte, warum sein Laden das ganze Jahr über weihnachtlich geschmückt war. *Er hatte doch ein Wunder erwähnt?*, erinnerte sie sich.

»Herr Lumi, Sie wollten mir noch den Grund verraten, warum in *Lumis Bücherwelt* immer Weihnachten ist.«

Er legte die Zeitung neben die Kasse, faltete die Hände und sah Lior einen Moment lang schweigend an. »Fräulein Lior«, begann er schließlich. Nur er nannte sie so, und das brachte sie immer zum Schmunzeln. »Es gab eine Zeit in meinem Leben, in der ich anfing, alles um mich herum als selbstverständlich zu betrachten. Mir und meiner Familie ging es so gut, dass ich die Not anderer Menschen um mich herum oft übersehen oder sogar bewusst ignoriert hatte. Obwohl genug in meinem Besitz war, um ihnen zu helfen, habe ich gewissenlos weggesehen. Wie ein Narr war ich damals davon überzeugt, nichts auf dieser Erde würde meine heile Welt erschüttern können.«

Herr Lumi machte eine Pause und starrte nachdenklich ins Leere.

Lior hörte gespannt zu und war nun sehr neugierig geworden.

Endlich redete er weiter: »Nun ... bis zu dem Tag, als meine Frau und ich erfahren hatten, dass unser geliebtes Kind schwer erkrankt sei.« Nachdenklich wippte Herr Lumi mit seinem Kopf und hielt nochmals kurz inne, bevor er weitererzählte. »Dann begriff ich erst, dass man sich im Leben zwar vieles kaufen kann, aber leider keine Gesundheit. All das Geld, was mir einst so wichtig war, wurde in meinen Augen völlig wertlos.« Er setzte sich auf seinen Stuhl und schaute nach draußen in Richtung des Bahnsteigs. »Der erste Arzt sagte, wir hätten vielleicht nur noch ein Jahr zusammen, vermutlich eher weniger. Wir sind dann zu drei weiteren Ärzten gefahren, weil wir diese Diagnose nicht wahrhaben wollten. Doch jeder Einzelne von ihnen, dem wir die Röntgenbilder zeigten, teilte uns dieselbe niederschmetternde Aussage mit.«

Lior spürte einen Kloß im Hals. Damit hatte sie nun ganz und gar nicht gerechnet. Beinahe erschrocken und mucksmäuschenstill hörte sie weiter zu.

»Meine Frau und ich waren am Boden zerstört – aber unser Kind strahlte weiterhin, als wäre die Welt unverändert geblieben.« Herr Lumi räusperte sich. Auch er schien nun einen Kloß im Hals zu haben. »Irgendwann sagte meine Frau zu mir, dass es unsere Pflicht sei, jeden einzelnen Tag, der uns noch mit unserem Kind bliebe, zum schönsten Tag seines Lebens zu machen.« Liors Augen füllten sich langsam mit Tränen.

»Wir wussten nicht, ob unser Kind bis Weihnachten überleben würde«, sprach er weiter, und Lior bemerkte, dass Herr Lumi sehr ernst aussah. Seine Stimme war rau und klang so, als würde er den tiefen Schmerz von damals erneut in seinem Herzen fühlen. »Und da er diese besondere Zeit über alles liebte, vor allem dann, wenn in unserem kleinen Laden bunte Lichter funkelten, entschied ich mich eines Tages, unsere Bücherwelt in eine Weihnachtswelt zu verwandeln. Und das mitten im April!«, betonte Herr Lumi. »Unser Kleiner sollte wenigstens noch ein letztes Mal Weihnachten feiern können.«

Immer noch überwältigt von der Geschichte, starrte Lior ihn an. »Dachte Ihr Kind also, es war Weihnachten?«

Endlich lachte Herr Lumi wieder. »Ja, er war ja noch so klein und ließ sich selbst vom Frühlingswetter nicht davon abhalten, daran zu zweifeln. Der Anblick der Lokomotive, der Girlanden, des Baumschmucks und der vielen Lichterketten erfreute ihn so sehr, dass er in unseren Augen niemals kränklich wirkte. Nur die Bilder seiner Untersuchung besiegelten sein Schicksal, aber nach außen, Fräulein Lior, war er die pure Lebensfreude!« Herr Lumi stand von seinem Stuhl auf und holte ein Glas aus dem Regal.

Lior traute sich erst nicht zu fragen, aber da sie unbedingt wissen wollte, was dann passiert war, gab sie sich einen Ruck. »Und wie ging es weiter?«

»Den Frühling, den Sommer, den Herbst bis hin zum Winter sahen wir unseren Jungen fröhlich durch diese Räume springen. Da ich außer sonntags täglich hier arbeiten musste, verbrachte auch unser Sohn seine Zeit am liebsten hier, zwischen den Büchern, dem Spielzeug und mit uns. Meine Frau half damals hier aus und amüsierte sich ebenso an seiner grenzenlosen Freude wie ich.« Herr Lumi schenkte sich Wasser ein. »Und dann, Fräulein Lior, kurz vor Weihnachten, nur einen Tag vor Heiligabend …«

Lior lauschte aufmerksam seinen Worten, doch zum ungünstigsten Zeitpunkt öffnete sich die Eingangstür. Ein junger Vater betrat mit seinem kleinen Mädchen auf dem Arm das Geschäft und unterbrach Herrn Lumis Erzählung.

»Guten Morgen, Hector, ich war gerade in der Nähe und wollte nachfragen, ob das Schaukelpferd für unsere Kleine angekommen ist?«

Herr Lumi begrüßte den Mann und erwiderte: »Leider noch nicht. Ich erwarte jedoch am Dienstag meine nächste Lieferung. Schau doch am besten nachmittags vorbei!« Er griff unter die Kasse und reichte dem Mädchen eine Zuckerstange aus der Schale mit den Süßigkeiten. Das kleine Kind strahlte vor Freude, ihr Vater bedankte sich und hob seine Hand zum Abschied.

Lior konnte nicht mehr erwarten, wie die Geschichte nun weiterging, und als die Tür sich gerade hinter dem Kunden und seiner Tochter schloss, platzte es aus ihr heraus. »Und was ist dann geschehen?«

Zurück auf seinem Stuhl sprach Herr Lumi nun wieder etwas leiser: »Einen Tag vor Heiligabend bat ich den ersten Arzt, der die Erkrankung festgestellt hatte, eine neue Untersuchung durchzuführen …« Herr Lumi verstummte plötzlich.

»Und?«, fragte Lior ungeduldig.

Kopfschüttelnd antwortete er: »Der Arzt behauptete, es wäre sinnlos, sich noch Hoffnungen zu machen! Wir sollten das Schicksal unseres Jungen akzeptieren und nach Hause gehen.«

»O nein …«, flüsterte Lior, lehnte sich an den Tresen und schluckte vor lauter Aufregung, aber der Kloß in ihrem Hals war immer noch zu spüren.

Herr Lumi legte eine Hand aufs Herz. »Aber ich entgegnete ihm, dass niemand darüber entscheidet, ob ich Hoffnung haben darf! Und mir niemand den Glauben daran nehmen kann, dass alles wieder gut wird.« Herr Lumi trank einen kräftigen Schluck Wasser. Seine Stimme war nämlich schon etwas heiser geworden. Mit einer Handbewegung bot er auch Lior ein Glas an, aber sie wollte nichts trinken, sondern ihn weitererzählen hören.

»Ich legte das ganze Geld, das ich an dem Tag bei mir hatte, sowie die Taschenuhr, die einst meinem Urgroßvater gehörte, auf den Schreibtisch vor dem Arzt und sagte: ›Kein Reichtum dieser Welt ist mir wichtiger als das Glück meiner Familie. Ich gebe ihnen alles, was ich habe, aber bitte erfüllen Sie mir diesen Wunsch!‹« Herr Lumi atmetet tief durch und fuhr nach einem endlos erscheinenden Moment fort: »Der Arzt schüttelte den Kopf, lehnte das Geld und die Uhr ab, aber schaute sich dennoch das Röntgenbild an, welches er zu Beginn des Jahres gemacht hatte. Schließlich antwortete er mir: ›Gut, ich mache es, weil Sie voller Hoffnung und Glauben sind. Ich würde auch gerne an Wunder glauben, aber leider gibt es keine.‹ Er nahm unseren Sohn und machte die von mir gewünschten Aufnahmen im Untersuchungsraum. Ich wartete allein im Sprechzimmer und wäre bereit gewesen, mein eigenes Leben gegen das meines Kindes einzutauschen, um ihn zu retten. Meine Frau und ich hatten jeden Tag Angst, ihn zu verlieren. Er war ja noch so klein und hatte sein ganzes Leben vor sich …« Er räusperte sich erneut, ging an das Fenster und hob seinen Blick gen Himmel. »Ich betete zu Gott und versprach, nie wieder meinem materiellen Besitz mehr Aufmerksamkeit zu schenken als Menschen, die in Not sind.«

Lior folgte aufmerksam jedem seiner Worte, doch draußen fuhr gerade ein Zug ein und das Trillern der Pfeifen war trotz geschlossener

Tür laut zu hören. Herr Lumi blieb still und sah in Gedanken versunken zu den Schienen. Heute stiegen nur wenige Fahrgäste aus dem Zug. Lior konnte das gut durch das Schaufenster erkennen und wandte sich neugierig an Herrn Lumi, als es wieder leiser wurde und er sich hinter den Tresen setzte.

»Was kam bei der Untersuchung heraus?«, versuchte sie, so vorsichtig wie möglich das Gespräch fortzusetzen. Lior hatte schon regelrecht Angst vor einer Antwort, die zu schmerzlich sein könnte. Zu ihrem Bedauern ertönte aber erneut das Türglockenspiel. Mit dem Rücken zum Eingang bemerkte sie, wie Herr Lumi von jetzt auf gleich über das ganze Gesicht strahlte. Lior wunderte sich und drehte den Kopf neugierig zur Tür. Es war ein junger Mann mit einem Koffer in der Hand.

Sie runzelte die Stirn. *Den kenne ich doch* … Als sie ihn genauer betrachtete, wusste sie auch woher. Es war derselbe junge Mann, mit dem sie an ihrem ersten Arbeitstag zusammengeprallt war. Aber dann erinnerte sie sich an den einen Morgen im September, als Mutter sie hierher an diesen Ort geschickt hatte. Urplötzlich sah sie wieder das Bild vor Augen, wie er im Zug an ihr vorbeilief, während sie noch vor Kummer erstarrt sitzen geblieben war. Auch heute lächelte er sie an. So, wie am Tag ihrer Ankunft, nachdem er ihren Koffer umgestoßen hatte.

Lachend erhob sich Herr Lumi vom Stuhl und lief mit ausgebreiteten Armen dem jungen Mann entgegen.

Lior traf ihn nun zum dritten Mal. Er war ein ganzes Stück größer als Lior und überragte mit seiner Größe selbst den Kalender hinter der Kasse. Sie schätzte ihn auf mindestens drei oder sogar vier Jahre älter. Sein hellbraunes, leicht gewelltes Haar fiel nach hinten und seine grünen Augen wirkten freundlich.

Herr Lumi legte seine Hand auf die Schulter des jungen Mannes und schaute anschließend wieder in Liors Richtung. »Wie du siehst, Fräulein Lior, darf der Mensch niemals seinen Glauben verlieren. *Aus Hoffnung schöpfen wir Kraft!* Das ist mein Sohn und der Beweis dafür – *Wunder gibt es!*«

Sie riss die Augen weit auf. *Er ist also der Grund, warum Lumis Bücherwelt zu diesem wundervollen Ort geworden ist*, sagte sie in Gedanken zu sich selbst.

Und genau jetzt fiel ihr wieder ein, wie sie ihn aus dem Zugfenster beobachtet hatte, als er ausgestiegen und in *Lumis Bücherwelt* hineingegangen war.

Das hatte ich völlig vergessen …

Lior sah abwechselnd von Herrn Lumi zu seinem Sohn. Diese außergewöhnliche Geschichte berührte ihr Herz und ließ sie in diesem Moment sprachlos zurück. Das pure Glück schien in Herrn Lumis Augen zu leuchten, und sie freute sich aus ganzem Herzen mit ihm. Seine Dankbarkeit für dieses Wunder, die sich in seiner Güte widerspiegelte, erkannte Lior nun umso mehr. Und genau wie Herr Lumi es tat, wollte auch sie hoffnungsvoll bleiben.

Der Gedanke, dass selbst das Unmögliche durch die Kraft des Glaubens möglich erscheinen kann, empfand Lior wie ein wegweisendes Licht in der Dunkelheit.

An Wunder glauben wollte sie also gern. So sehr, wie nur ein Mensch voller Hoffnung an Wunder glauben kann.

Kapitel 8

CHRISTIAN

» **G** uten Tag, Lior, es freut mich, dich kennenzulernen. Ich heiße Christian«, stellte sich Herr Lumis Sohn vor und reichte ihr ganz vornehm seine Hand.

Seine Kleidung war nicht nur glattgebügelt und sauber, sondern für den Alltag ungewöhnlich fein. Sie ähnelte den Sachen, die Papa früher für die Weihnachts- und Ostermesse in der Kirche gewählt hätte. Da heute aber kein Feiertag war, vermutete Lior, Christian würde einer Arbeit nachgehen, bei der man sich so anziehen musste.

Als auch Lior ihm ihre Hand reichte und ihre zierlichen Finger seine berührten, wurden ihre Wangen von der einen Sekunde auf die andere ganz warm. Ein ungewöhnliches Kribbeln in ihrem Bauch machte sich bemerkbar.

Sie wich seinem Blick aus und antwortete verlegen: »Guten Tag!« Lior war erleichtert, als im selben Moment erneut die Eingangstür geöffnet wurde. Sie spürte, dass sie im Gesicht rot angelaufen sein musste und wollte sich schnell mit Arbeit beschäftigen, bevor es noch unangenehmer für sie werden würde.

Die Frau, die auf einen Gegenstand im Schaufenster zeigte, suchte das Gespräch mit Herrn Lumi. Schnurstracks wandte sich Lior von Christian ab, öffnete eine Schublade und nahm sich den Staubwedel, um zu demonstrieren, dass sie jetzt zu tun hatte. Lior verschwand zwar in eine Bücherecke, schaute jedoch unauffällig durch eines der Regale. Sie beobachtete, wie Herr Lumi der Kundin die neu eingetroffene Ware präsentierte, während sein Sohn den Koffer öffnete, aber sich immer wieder in Liors Richtung drehte.

Dieses kribbelige Gefühl in ihrem Bauch war neu und zudem für Lior völlig fremd. *Was ist nur mit mir los?* Aus unerklärlichen Gründen war sie ganz durcheinander. *Ich darf mir bloß nichts anmerken lassen.* Sie wedelte weiter den Staub von den Büchern und vernahm gleichzeitig ihren schnellen Herzschlag, als Christian auf einmal näherkam. *Vielleicht sollte ich ihn einfach ignorieren?* Aber dann rief er auch noch nach ihr. »Lior?«

Zur selben Zeit, als Christian ihren Namen ausgesprochen hatte, sprang der Kuckuck um Punkt zehn aus der Uhr. Sein Gezwitscher hatte Lior so sehr erschrocken, dass sie plötzlich laut aufschrie.

Die Blicke von Herrn Lumi und der Dame waren sofort auf sie gerichtet, aber Lior fuchtelte einfach weiter mit dem Wedel, als wäre nichts passiert, sodass sich Herr Lumi schließlich wieder seiner Kundin zuwandte.

»Ich wollte dich wirklich nicht erschrecken«, ließ Christian sie wissen, konnte sein Grinsen dabei aber nicht verstecken. Lior kicherte und amüsierte sich nun auch über ihren Schreck.

»Wir sind uns schon mal begegnet, nicht wahr?«

Lior war überrascht. *Er kann sich also auch erinnern …*

Verlegen sah sie zur Seite. »Ja, sogar zwei Mal!« Sie stellte die Bücher ordentlich in das Regal, während sie hinzufügte: »Um genau zu sein, du hast beim ersten Mal mein Gepäck umgestoßen und mich

bei der zweiten Begegnung angerempelt.« Sie schmunzelte, nahm ein Buch in die Hand und vermied es, ihn anzusehen.

»Dann gehört das dir!«, erwiderte Christian lachend und hielt ihr etwas vor das Gesicht. »Die hast du verloren.«

Ungläubig sah sie nun zu Christian »Du … hast … meine … Mütze gefunden?«, entgegnete sie verblüfft.

»Ja, kurz nachdem ich dich *angerempelt* habe«, betonte er scherzhaft und fuhr sich mir der Hand durch sein Haar. »Die habe ich dann aufbewahrt, weil ich gehofft hatte, dich wiederzusehen.« Als er diese Worte sagte, merkte Lior, wie ihre Wangen glühten.

»Mein Vater hat mir erzählt, dass ihm ein Mädchen aushilft, aber ich ahnte nicht, dass du es bist!« Das Herz in ihrer Brust klopfte schneller, und Lior wich seinem Blick erneut aus. »Ich bin sonst immer im Internat, und seit dem Tag, als du deine Mütze verloren hast, das erste Mal wieder zu Hause.«

Das erklärt also, warum er diese schicke Kleidung trägt … Lior sah langsam zu ihm hoch und entdeckte jetzt auch das typische Internatswappen an seinem dunkelblauen Jackett. Immer noch überrascht, nahm sie ihm lächelnd die Strickmütze ab.

»Danke … Dass ich sie wiederbekomme, hätte ich nicht gedacht.« Am Fenster hinter Christian bemerkte Lior eine ältere Frau mit schneeweißen Haaren, die mit einem Kind an der Hand am Geschäft vorbeilief. Sie musste daher an den Tag zurückdenken, als sie die Kopfbedeckung geschenkt bekommen hatte. »Meine Oma hatte sie für mich gestrickt und Glücksmütze genannt«, vertraute Lior ihm an. Christian beugte sich näher zu ihr. »Dann war es wohl Glück, dass wir beide an dem Tag zusammengestoßen sind!«, erwiderte er zwinkernd. Vor Scham wollte Lior wieder wegsehen, aber mit einem Mal war sie ganz vertieft in seine grünen Augen. Und als würde auch ihre

Oma in diesem Moment im Raum stehen, hörte sie in Gedanken ihre
Stimme sagen:

Glück muss man nicht suchen.
Das Glück findet den, der im Herzen Platz dafür hat!

Mit der Mütze war es auch wie mit dem verloren geglaubten Glück,
von dem Agathi am ersten Abend im Heim gesprochen hatte.
»Manchmal kehrt das Glück doch ganz unerwartet zurück«, wisperte Lior gedankenverloren. Aber unmittelbar danach sah sie Christian
erschrocken an. »Habe ich das gerade laut gesagt?«
Christian grinste. »Laut und deutlich sogar!«
Beide fingen gleichzeitig an zu kichern. Auch ohne sich weiter zu
unterhalten, lachten Christian und Lior auf einmal so ausgelassen
miteinander, als hätten sie sich nicht gerade erst kennengelernt.
Wann hatte sie eigentlich zuletzt so viel gelacht? Auf einmal empfand sie das starke Bedürfnis und den Willen, wieder wirklich glücklich sein zu wollen.

Lachen ist wie Medizin fürs Herz …

Außerdem hatte sie es Papa versprochen: Tränen der Trauer sollten
zu Tränen der Freude werden … Lior betrachtete die rote Glücksmütze und setzte sie auf.
Christian verschränkte seine Arme und lehnte sich lächelnd an das
Bücherregal. Lior fiel auf, dass auch er nun rosige Wangen hatte.
Jetzt dachte Lior zum ersten Mal seit ihrer Ankunft nicht mehr daran, warum sie überhaupt hier an diesem Ort war. Sie fühlte einfach
nur Freude, und dieses kostbare Gefühl hatte sie sehr vermisst. Lior

nahm ihre wiedergefundene Lieblingsmütze vom Kopf ab und sah sie verträumt an. *Vielleicht hatte Oma recht.* Sie musste nicht nach dem Glück suchen, denn Lior spürte in diesem Moment, dass noch genug Platz dafür in ihrem Herzen war.

Mehrere Kunden befanden sich inzwischen im Laden und mussten sowohl von Herrn Lumi als auch von ihr beraten werden. Lior bemühte sich, ihnen aufmerksam zuzuhören, anstatt sich von Christians Anwesenheit ablenken zu lassen. Jedes Mal, wenn sie im Gespräch mit der Kundschaft war, konnte sie aus den Augenwinkeln erkennen, dass Christians Blick ziemlich oft auf sie gerichtet war. Bereits kurz darauf verabschiedete er sich jedoch. »Ich muss jetzt nach Hause. Meine Mutter erwartet mich, und sie mag es überhaupt nicht, wenn man unpünktlich ist«, teilte er ihr mit, während Lior ein Buch verpackte. »Wir sehen uns bestimmt bald wieder«, sagte er, obwohl seine Worte eher wie eine Frage geklungen hatten.

»Vielleicht!«, antwortete Lior schmunzelnd und sah Christian unauffällig nach. Mit einem anhaltenden Lächeln im Gesicht arbeitete sie in *Lumis Bücherwelt*, bis der Kuckuck um vierzehn Uhr zwitschernd aus seinem Häuschen sprang. Mit ihrer roten Kopfbedeckung und beinahe tanzend lief sie durch das bunte Laub zurück zum Heim. Aus den Häusern roch es fast überall nach Mittagessen, aber Lior verspürte vor lauter Kribbeln im Bauch überhaupt keinen Hunger. Im Heim angekommen, setzte sie sich zu den Kindern in die Küche. Sie alle hatten bereits auf Lior gewartet.
»***Wem Ungerechtigkeit widerfährt, dem begegnet auch irgendwann wieder das Glück***«, merkte Agathi an, als sie Liors Schüssel mit dampfender Suppe füllte. Zuvor hatte Lior am Küchentisch

nämlich begeistert von der wiedergefundenen Strickmütze erzählt. »Christian ist ein wahrlich gut erzogener, freundlicher junger Mann, nicht wahr?«, hakte Agathi nach.

Den Tonfall empfand Lior jedoch als merkwürdig interessiert, und während sie sich die ganze Zeit vornahm, keinesfalls rot anzulaufen, spürte sie die unvermeidbare Hitze, die erneut in ihren Kopf stieg. Die Mädchen am Tisch kicherten. Lior versuchte dennoch, sich nichts anmerken zu lassen, indem sie ihre heiße Kartoffelsuppe schlürfte, obwohl sie auch jetzt keinen großen Appetit empfand. Immer noch waren alle Augen auf sie gerichtet.

»Ja … er ist ganz nett«, antwortete sie schließlich, doch ihr Grinsen verriet vermutlich mehr, als ihr lieb war. Lior hatte ihre Mundwinkel seit dem heutigen Treffen mit Christian nicht mehr unter Kontrolle.

Sie erinnerte sich an Omas Erzählungen, wie sie damals als junge Frau Opa das erste Mal gesehen und das Gefühl dabei wie fliegende Schmetterlinge im Bauch beschrieben hatte.

Lior hatte ebenfalls ein äußerst ungewöhnliches Gefühl im Bauch, wenn sie an Christian dachte. *Aber warum nur?*, fragte sie sich. *Nur weil er so freundlich und charmant ist? Weil seine Augen funkeln, während er mit mir spricht?* In Gedanken versunken, schüttelte sie den Kopf, aber dann kam ihr in Erinnerung, dass Christian nicht nur ihre Mütze gefunden, sondern diese auch noch aufbewahrt hatte – mit der Hoffnung, sie wiederzusehen. Verträumt stützte sie ihren Kopf mit den Händen auf den Tisch …

»Lior? Warum antwortest du nicht?«, fragte Agathi verwundert.

»Oh, entschuldige. Was hast du gesagt?«, entgegnete sie überrascht. Agathi lachte und schien zu ahnen, warum Lior zuvor nicht zugehört hatte. »Ich habe schon zwei Mal gefragt, ob du mit Fiona auf den Markt gehen kannst.«

»Ja, natürlich. Was sollen wir besorgen?«, antwortete Lior blitz-schnell, starrte Agathi dabei mit aufgerissen Augen an, um dadurch aufmerksamer zu wirken.

Lächelnd zählte Agathi auf: »Zwei Pfund Mehl, fünfzehn Eier, ein Pfund Butter und diesen Beutel voll mit Walnüssen auffüllen lassen. Das könnt ihr euch doch sicherlich merken, oder soll ich es lieber aufschreiben?«

»Nicht nötig!«, versicherte Lior und nahm nach dem Essen den Korb und das Geld für den Einkauf sowie den Beutel für die Nüsse an sich.

»Zieht euch bitte warm genug an, es ist sehr kalt heute«, merkte Agathi an und reichte Fiona einen Schal.

Auch Lior wickelte sich einen um den Hals, nahm ihre Kleidung vom Haken und schlüpfte in ihre Stiefel. Mit einer Hand am Türgriff drehte sich Lior wieder um. »Was sollen wir noch mal kaufen?«, flüsterte sie Fiona zu.

»Hatte mir schon gedacht, dass du es vergessen wirst! Sooo ver-träumt, wie du am Tisch warst …«, antwortete sie und hob dabei neckisch ihre Augenbrauen hoch. »Zum Glück konnte *ich* es mir merken!«

Lior tat jedoch so, als hätte sie den scherzhaften Unterton nicht bemerkt, und machte sich mit Fiona auf den Weg zum Markt. Das Mädchen hatte bisher nie von sich erzählt. Umso überraschter war Lior, als Fiona nach ein paar Schritten unaufgefordert davon sprach, dass sie nur bei ihrer Mutter lebte, nachdem ihr Vater die Familie verlassen hatte. Sie berichtete in einem gleichgültigen Ton, als hätte sie nicht darunter gelitten.

»Aber hast du ihn denn nicht vermisst?«, fragte Lior verwundert.

Fionas rötliche Locken wirbelten vor ihrem Gesicht. Sie zuckte nur mit den Schultern und sah eigentlich nicht traurig aus. Im Gegenteil

– sie hatte fast dauernd ein Lächeln im Gesicht.

»Wie soll ich denn einen Vater vermissen, wenn ich nie einen hatte?«, entgegnete sie. »Mir hat er nie gefehlt. Wie denn auch? Ich kann mich ja nicht mal an ihn erinnern!«, ergänzte sie. »Aber Mama … Die war wütend und hat oft über ihn geschimpft.«

»Wo ist denn deine Mutter jetzt?« Lior sah das Mädchen fragend an. Fiona jedoch antwortete nicht und hüpfte spielerisch auf einem Bein durch das Laub. Lior vermutete, dass sie nicht darüber reden wollte, und hakte aus Rücksicht nicht mehr nach. Sie schaute Fiona dabei zu, wie sie hin- und hersprang, die Blätter mit ihren Schuhen vor sich herschob und ein fröhliches Lied summte. *Vielleicht versucht sie, ihren Kummer zu überspielen? Oder ist Fiona wirklich so zufrieden, wie sie sich nach außen zeigt?*

»Agathi!«, rief Fiona kurze Zeit später.

Lior war irritiert und drehte sich um, aber Agathi war nicht zu sehen.

»Ich meine: Agathi ist jetzt meine Mutter!«, erklärte Fiona, die Liors suchenden Blick wahrnahm.

»Ach so …« Lior fiel direkt auf, dass Fiona jetzt nicht mehr den typisch fröhlichen Gesichtsausdruck trug. Stattdessen lief sie nachdenklich und nicht mehr hüpfend den Kieselsteinweg entlang.

»Jetzt habe ich endlich wieder eine Familie«, sagte sie leise und schaute zu Lior, als würde sie ihr damit zeigen wollen, dass auch sie damit gemeint war. Lior legte dankend ihre Hand auf Fionas Schulter, als bereits die lauten Rufe von den Marktständen zu hören waren. Wie von Agathi gewünscht, besorgten sie Mehl, Eier und Butter.

»Jetzt fehlt nur noch eine Sache«, erinnerte sich Lior, zeigte auf die Walnüsse und reichte dem Mann am Verkaufsstand den Jutebeutel. »Können Sie mir den bitte vollmachen?«

Er gab ihr kurz darauf den nun gefüllten und schweren Sack. Lior bedankte sich und wandte sich an Fiona: »Trägst du das bitte? Mein Korb ist bereits voll.«

Fiona streckte hilfsbereit die Hände aus, und in dem Moment, als Lior den Einkauf überreichen wollte, tippte auf einmal jemand auf ihre Schulter. Lior drehte ihren Kopf und zuckte vor Schreck zusammen, sodass der Beutel mitsamt Inhalt auf den Boden fiel. Die Walnüsse rollten über die Pflastersteine des Marktes und verteilten sich in alle Richtungen.

Das kann doch nicht wahr sein!, dachte Lior.

»Hallo, Christian«, grüßte Fiona und rannte mit ihm dem weggerollten Einkauf hinterher.

»Also, dass ich sooo schrecklich aussehe, wusste ich nicht!«, rief Christian Lior mit einem verschmitzten Grinsen aus der Ferne zu.

Vor lauter Kribbeln im Bauch wurde Lior ganz nervös und wusste nicht, wie sie mit ihm umgehen sollte. Sie versuchte, ernst zu bleiben, während Fiona das Ganze ziemlich lustig fand und kicherte.

»Du schon wieder!«, sagte Lior schließlich mit hochgezogenen Brauen und nahm Christian die eingesammelten Walnüsse ab, als eine Frau sich dazustellte und Fiona begrüßend in den Arm nahm.

Christian zeigte aus heiterem Himmel mit seiner Hand in Liors Richtung. »Mutter, das ist Lior.«

Er stellte Lior seiner Mutter vor, als wäre sie *besonders* für ihn. Auch die Frau strahlte so freundlich, wie Herr Lumi es immer tat.

Verlegen schaute Lior Christian und seine Mutter an, ehe ihr Blick wieder nach unten wanderte. Ihre gestrickte Kopfbedeckung fiel zu Boden und als Lior sich beugte, ging bereits Christian in die Knie, um sie für Lior aufzuheben.

Und während Christian und Lior gleichzeitig nach der Glücksmütze griffen und sich ihre Hände dabei berührten, fragte sich Lior: *Wird sie mir tatsächlich Glück bringen?*

Lior wünschte es sich von Herzen. So sehr, wie nur ein Mensch, der einst vom Glück verlassen wurde, wünschen kann.

Kapitel 9

FREUNDSCHAFT

Lior spürte, wie sich die Wärme in ihrem Kopf weiter ausbreitete und sie vermutlich knallrot im Gesicht sein musste. Ihre Wangen hätten aber genauso gut von der Kälte so aussehen können, also tat sie so, als wäre ihr furchtbar kalt, damit die Frau Liors errötetes Gesicht auf keinen Fall auf Christian zurückführen würde.

»Es freut mich, dich kennenzulernen, ich bin Thea Lumi«, stellte sich die Frau vor, nahm den Lederhandschuh ab und reichte Lior ihre warme Hand. »Mein Mann hat bereits von deiner Tüchtigkeit geschwärmt.«

»Guten Tag!«, antwortete Lior und merkte, dass ihre Hand nun tatsächlich vor Kälte zitterte.

Frau Lumi, die Liors Hand immer noch festhielt, sah sie besorgt an. »Kind, du bist ja ganz eisig! Du wirst uns noch krank!« Sie ergriff auch Fionas Hand. »Deine ist ja noch kälter!«, stellte sie entsetzt fest. »Kommt mit, ihr zwei, unser Haus ist gleich hinter dem Markt. Ich mache euch eine warme Tasse Apfeltee«, schlug Christians Mutter vor.

Fiona war begeistert. »Danke, Thea, ich mag deinen Tee sehr gern!«

Lior starrte Fiona mit der Hoffnung an, sie würde in ihrem Gesichtsausdruck erkennen, dass sie zurückmussten, aber Fiona schien dies nicht wahrzunehmen.

»Vielen Dank, das ist sehr nett, aber Agathi wartet auf uns und wird sich bestimmt Sorgen machen, wenn wir so lange fort sind«, lehnte Lior freundlich ab.

Thea Lumi hob ihre Hand. »Das verstehe ich, aber du brauchst dir keine Gedanken machen. Die gute Agathi wird sich freuen, wenn ich euch einen Tee koche. Du musst dich auf der Stelle aufwärmen, sonst bekommst du noch Frostbeulen!«, entgegnete sie. »Christian, nimm den Korb und bring die Einkäufe zu Agathi. Richte ihr meine herzlichen Grüße aus und versichere ihr, dass du die Mädchen später nach Hause begleitest.« Thea Lumi klang freundlich, aber dennoch so bestimmend, als hätte kaum jemand die Chance, ihr zu widersprechen. Prompt folgte Christian ihren Anweisungen, während Fiona und Lior sich stumm ansahen.

»Agathi und Thea sind beste Freunde, und das Haus wird dir gefallen, versprochen«, flüsterte Fiona und folgte Christians Mutter. Lior blieb also nichts anderes übrig, als es ihr gleichzutun. Tatsächlich dauerte es nicht lange, bis sie in eine kleine Straße einbogen.

»Galanthusstraße«, las Lior auf dem Schild und blieb vor einem roten Backsteinhaus stehen, auf das die Frau zeigte.

»Wir sind schon da.«

Als Christians Mutter die Tür öffnete, roch es so frisch wie in einem Wald. Eine mit grünen Zweigen geschmückte Wendeltreppe im Flur und die vielen Fenster im Haus, die mit Kränzen verziert waren, ließen Lior bereits erahnen, dass es hier sehr gemütlich sein musste.

Die Mädchen schlüpften aus ihren Stiefeln und folgten Frau Lumi in das Wohnzimmer. »Macht es euch vor dem Kamin gemütlich, ich setze ganz schnell Wasser für den Tee auf.«

Fiona nahm sogleich auf einem der grünen Sessel Platz. »Ich war schon ein paar Mal hier!«

Lior aber stand immer noch da und sah sich um. Bücher, so weit das Auge reichte. *Sie verleihen dem Raum etwas Magisches*, empfand Lior und glitt mit ihrer Hand über die goldverzierten Einbände. »Wie schön es hier ist!«, wisperte sie vor sich hin und blieb vor einem Familienfoto stehen, auf dem Herr Lumi, seine Frau und Christian abgebildet waren. Ihr Blick schweifte weiter durch das Zimmer und blieb schließlich an dem Kamin hängen. Sie entdeckte ein Kinderfoto von Christian, das ihn auf einem Schaukelpferd sitzend in *Lumis Bücherwelt* zeigte. Im Hintergrund der Fotografie war es weihnachtlich geschmückt. Lior schmunzelte. *Vielleicht ist Christian so lebensfroh, weil er ein Wunder erlebt hat?*

»Der Tee ist angerichtet!«, rief Frau Lumi den Mädchen zu. Sie servierte dazu Plätzchen, wovon sich Fiona sofort eines in den Mund schob.

An Lior gerichtet, fragte Frau Lumi: »Ich hoffe, du frierst nicht mehr?«

»Nein, mir ist jetzt angenehmen warm, danke«, antwortete Lior und setzte sich auf das Sofa.

Christinas Mutter sah beide Mädchen an. »So kalt wie es heute ist, dauert es sicherlich nur noch ein paar Tage, bis der erste Schnee fällt.« Sie reichte beiden den aufgegossenen Tee.

Etwas schüchtern nahm Lior die warme Tasse entgegen. »Danke, Frau Lumi.«

»Nenn mich doch bitte Thea«, bot sie ihr daraufhin an und schob ihr die Zuckerdose zu. Auch dieser Tee wurde in wunderschönem Porzellan serviert. Lior sah sich die Bilder an und entdeckte einen verschneiten Baum mit einem Rotkehlchen sowie einer Blaumeise darauf.

»Ich liebe es, wenn es schneit«, verriet Lior verträumt und sah sich nun auch Theas Tasse an.

»Dann wird dir die Bedeutung unseres Namens besonders gefallen«, erwiderte Christians Mutter. »Lumi bedeutet nämlich Schnee!«

»Oh … ein wirklich schöner Name«, staunte Lior, als ihr zeitgleich eine bezaubernd schöne und winzig kleine Schneekugel auffiel, die auf dem Beistelltisch neben den Plätzchen stand. Ihre Begeisterung blieb wohl nicht unbemerkt, und Thea reichte Lior den kleinen Gegenstand, der nicht größer als ihr Zeigefinger war.

»Ich schenke sie dir. Für die Ordnung, die dank dir in unserer Bücherwelt herrscht. Mein Mann hatte großes Glück, dass du an dem Tag unser Schild entdeckt hattest!«

»Herzlichen Dank, aber das kann ich nicht annehmen«, entgegnete Lior. Sie hatte ja erst heute eine eigene Porzellandose bekommen, in der die Kunden noch etwas Geld für sie hinterlassen durften.

»Ich habe auch schon so eine von Thea bekommen«, teilte Fiona stolz mit und versuchte, Lior zu ermutigen, das Geschenk anzunehmen. Lior haderte jedoch …

»Ein Geschenk, das von Herzen kommt, sollte man nicht ablehnen«, erwiderte Thea und legte ihre Hand auf Liors Arm. Erfreut über die Schneekugel, nahm Lior das Präsent, in dem sich ein klitzekleines Häuschen befand, schließlich an. Sie schüttelte die Kugel immer wieder und beobachtete, wie sich der Kunstschnee auf das Dach legte. Wie ein wunderschönes Zuhause sah es aus, und Lior war ganz vertieft in diesen Anblick, als auf einmal die Tür aufging. Sowohl Christian als auch Herr Lumi, der jetzt Feierabend hatte, betraten das Haus.

Wieder merkte Lior, dass ihre Wangen vor Aufregung ganz warm wurden. Fiona sprang auf, begrüßte beide und unterhielt sich mit Christian, während Herr Lumi auf Lior zuging. »Fräulein Lior, wie schön, dich hier zu sehen. Fühl dich bei uns bitte wie zu Hause!«

Mit rosigen Wangen bedankte sie sich bei Herrn Lumi und erwiderte Christians Lächeln, da ihr Blick unwillkürlich zu ihm wanderte. Zugegeben, sie fühlte sich bei der Familie Lumi tatsächlich sehr wohl und willkommen.

Es klopfte an der Tür, und auch Svea, Arthur, Peter und Isabell standen überraschend im Flur.

»Den hat Agathi gebacken«, verkündete Arthur und überreichte Thea ein Blech Apfelkuchen. »Wir sollen aber pünktlich zum Abendessen zurück sein!«, warf Svea noch ein.

»Der Kuchen ist ja noch warm. Sehr lieb von euch«, bedankte sich Thea und freute sich über den Besuch. »Dann mal schnell rein in die Stube, den genießen wir gemeinsam zum Tee.« Lior erkannte, dass sowohl Thea als auch Herr Lumi die Gesellschaft von Kindern sehr mochten. Sie erkannte auch schnell, dass sich nicht nur Fiona hier *wie zu Hause* fühlte. Herr Lumi ließ eine Melodie im Hintergrund laufen und erzählte am Tisch eine spannende Geschichte, die er selbst als Kind erlebt hatte. Anscheinend war Lior nicht die Einzige, die seinen Erzählungen gebannt lauschte. Alle Augen waren auf Herrn Lumi gerichtet, nur die von Christian wanderten immer wieder zu Lior …

Etwas später an diesem Abend, als Christian Lior und die Kinder zurück zu Agathis Haus begleitete, berichtete er, dass er schon in zwei Tagen zurück ins Internat fahren müsse.

»Dort lerne ich alles, um irgendwann *Lumis Bücherwelt* weiterführen zu können«, erklärte er weiter und erzählte, dass er nur in den Ferien und manchmal auch an den Wochenenden zu Hause sein konnte. »Aber einen Tag vor Heiligabend komme ich wieder! Dann ist das Internat für drei Wochen geschlossen«, ließ er Lior wissen und schlug ihr ganz unerwartet etwas vor. »Wenn du magst, können wir Brieffreunde werden?« Christian wirkte aufgeregt und fuhr sich mit der Hand, wie so oft, über seine Haare. Mit fragendem Gesichtsausdruck wartete er auf ihre Antwort.

Lior traute sich nicht zuzugeben, dass sie bisher noch niemandem etwas geschrieben hatte. Richtige Freunde hatte sie nicht, denen sie einen Brief hätte senden können. Das lag aber daran, dass sie, seit ihr Papa fort war, anderen Menschen gegenüber sehr verschlossen gewesen war. Aber bei Christian fühlte es sich irgendwie anders an …

»Ich habe noch nie einen Brief verschickt«, erwiderte Lior. *Soll ich ihm auch sagen, dass ich bald nach Hause gehen werde?*, grübelte sie und fügte schließlich hinzu: »Und ich muss mein Geld eigentlich sparen, weil …«

»Ich schreibe dir als Erster und lege dir Briefmarken und einen Umschlag hinein. Auf dem steht dann die Adresse des Internats«, warf er ein. Lior blieb erst still und überlegte. »In Ordnung«, antwortete sie und freute sich mit Christian, der jetzt über das ganze Gesicht strahlte.

Er ging etwas näher an sie ran, bis sein Arm ihre Schulter streifte. »Weißt du, Lior, ich schreibe sogar sehr gerne. Und zurzeit auch eine spannende Geschichte. Eines Tages möchte ich *mein eigenes Buch* in *Lumis Bücherwelt* zum Verkauf anbieten.«

»Das klingt sehr schön. Darf ich es lesen?«

Er lachte. »Du wirst die Erste sein, die meinen Roman bekommen wird. Versprochen!«

»Danke, Christian! Ich freue mich darauf. Ich lese für mein Leben gern. Und wenn auch ich irgendwann eine Geschichte schreibe, dann darfst du sie ebenfalls als Erster lesen.«

Sie liefen über die Pflastersteine nebeneinanderher, doch Lior hatte das Gefühl, als würde Christian sie auf seinen Armen tragen. Seine Nähe tat ihrem Herzen gut.

Als sie am Heim ankamen, verabschiedeten sich die Kinder von Christian und liefen nacheinander ins Haus von Agathi. Nur Lior blieb noch vor der Tür stehen und hob nochmals ihre Hand zum Abschied. »Bis bald!« Sie traute sich kaum, Christian in die Augen zu schauen, und wollte sich wieder abwenden, als er nach ihr rief:

»Lior … jetzt sind wir Brieffreunde!« Christian winkte, während er rückwärtslief, und Lior sah ihm so lange schmunzelnd nach, bis er in der kleinen Gasse verschwand. Ihr Herz hüpfte vor Freude, obwohl sie einerseits auch traurig war, dass Christian bereits übermorgen zurück ins Internat musste. Vermutlich würde sie ihn vor seiner Abreise nicht mehr sehen, da Herr Lumi sie erst wieder Anfang nächster Woche für die Arbeit eingeteilt hatte. Ihr fiel ein: *Auch einen Tag vor Heiligabend, wenn Christian zurückkommt, wird er mich hier nicht mehr antreffen.*

Im Telegramm hatte Mutter bereits angekündigt, sie kurz vor Weihnachten zu besuchen.

»Dann werde ich mit ihr gehen und wieder zu Hause sein«, sprach Lior ihren Gedanken flüsternd aus.

Aber andererseits könnte ich Christian trotzdem weiterhin schreiben. Wir sind jetzt Freunde, und Briefe lassen sich von überall verschicken. Immer noch in dieselbe Richtung blickend, hoffte Lior, Christian irgendwann wiederzusehen. Sie hielt ihre kleine Kugel in der Hand und schüttelte nachdenklich den Schnee darin, bevor sie ihr Geschenk in ihre Manteltasche steckte.

Der Gedanke an die Brieffreundschaft, der schöne Anblick der Schneekugel und Herrn Lumis lobende Worte an diesem Tag erfreuten Lior außerordentlich. Es fühlte sich sogar so an, als wäre sie ein klein wenig erwachsen geworden. Es war ein Tag voller Überraschungen, und heute war sie wahrhaftig glücklich.

Lior strahlte so sehr vor Freude, wie nur ein Mensch, der einst sein Lachen verloren hatte, sich über ein Geschenk, schätzende Worte und vor allem über einen neu gewonnenen Freund freuen konnte.

Kapitel 10

DAS GESCHENK

In der kleinen, gemütlichen Teestube auf der oberen Etage verteilte sich der herrliche Duft des frisch aufgebrühten Apfeltees. Lior hatte noch eine Zimtstange hinzugefügt, sich eine Tasse aufgefüllt und lehnte sich gegen eines der beschlagenen Fenster. Lior freute sich wie immer darauf, die Waren für die Kunden als Geschenke einzupacken, aber heute war es in *Lumis Bücherwelt* ungewöhnlich ruhig. In den letzten Tagen hatte es zur Freude aller Kinder im Heim viel geschneit, aber bedauerlicherweise folgte dem Schnee schließlich andauernder Regen. Da es zudem an diesem Morgen eisig kalt und daher auf den Straßen und Wegen sehr glatt war, blieben vermutlich deswegen die Menschen lieber zu Hause, als Einkäufe zu erledigen.

Zum Glück fielen seit gestern Abend keine Regentropfen mehr, aber dafür verdeckte ein dichter Nebel die Sicht, sodass Lior kaum etwas aus dem kleinen Fenster erkennen konnte. Gegen Regen und Nebel hatte Lior eigentlich nichts, aber zur Adventszeit wünschte sie sich – wie sicherlich viele Menschen – weiße, verschneite Weihnachten. Lumi bedeutet Schnee, fiel Lior wieder ein. Sie setzte sich mit ihrer dampfenden Tasse auf die Fensterbank und dachte darüber nach, wie ihr Vorname wohl dazu klingen würde …

Sie kicherte bei dem Gedanken an Christian, und da sich niemand außer ihr im Geschäft befand, sprach sie die beiden Namen zusammen laut aus: »Lior Lumi …« Mit einem breiten Lächeln im Gesicht betrachtete sie ihr Spiegelbild in der Fensterscheibe. »Guten Tag, ich heiße Lior Lumi! Hätten Sie gerne eine Tasse Tee?«, sagte sie im vornehmen Ton zu sich selbst.

»Sehr gerne sogar!«, hörte sie jemanden antworten.

»Herr Lumi!«, rief Lior peinlich berührt und wurde vor Scham ganz rot im Gesicht. Sie hatte das Türglockenspiel nicht wahrgenommen, als er das Geschäft wieder betreten hatte. »Verzeihung, ich dachte, ich trinke etwas Warmes, solange keine Kunden da sind.«

»Fräulein Lior, es gibt keinen Grund, sich zu entschuldigen. Und einen Tee hätte ich wirklich gerne«, antwortete er.

Glücklicherweise sprach er sie nicht mehr auf ihre eigene Namensgebung *Lior Lumi* an, also versuchte sie, ihn schnellstmöglich weiterhin davon abzuhalten.

»Kommt heute noch Ware, Herr Lumi?«

»Ich erwarte vor den Feiertagen nur noch ein Paket für mich.« Er holte die uralte Taschenuhr hervor, die er einst dem Arzt angeboten hatte, und schaute auf das Zifferblatt. »Noch ist ja Zeit für die heutige Auslieferung. Schätze, es kommt bei dem Wetter aber wahrscheinlich erst morgen an«, erwiderte er. »Vor Heiligabend muss es jedoch geliefert werden, es ist nämlich ein Geschenk für jemanden, den ich zu Weihnachten überraschen möchte.«

»Oh, Überraschungen sind immer schön!«, meinte Lior, während sie ihm eine Tasse mit dem süß schmeckenden Tee einschenkte. Er setzte sich auf einen Sessel und lehnte sich zurück, als das Glockenspiel über der Tür erklang. Diesmal hörte es Lior klar und deutlich.

»Trinken Sie ruhig Ihren Tee, ich mache das schon!«, bot Lior Herrn Lumi an und lief rasch die Wendeltreppe hinunter.

Ein älterer, kleiner Mann, der sich leicht gebückt mit einem Gehstock in der Hand an den Tresen gelehnt hatte, sah sich die Regale mit den Büchern und Spielsachen neben der Kasse an. Lior ging auf ihn zu. »Guten Tag. Wie kann ich Ihnen behilflich sein?«

Er drehte sein Gesicht zu ihr, nahm seinen hellbraunen Hut ab und lächelte. Seine Augen leuchteten so blau, dass Lior nicht anders konnte, als ihm direkt hineinzusehen. Während sie das tat, kam es ihr vor, als würden ihr diese eine Geschichte erzählen. Traurig sahen sie aus. Irgendwie voller Leid. Lior wartete auf seine Antwort, und je länger sie ihn dabei anschaute, umso mehr wirkte er wie jemand, der mehr Kummer in seinem Leben erlebt hatte, als ein Mensch ertragen kann. Seine Gesichtshaut war faltig und dünn, und auch sein Körper schien selbst in dem zu weiten Mantel, der ihn kleidete, ganz gebrechlich zu sein. Doch seine eisblauen Augen sahen trotz seines offensichtlichen Alters wie die eines Kindes aus.

»Setzen Sie sich bitte!«, bot Lior ihm an und holte den Stuhl, auf dem sonst Herr Lumi immer Platz nahm, hinter dem Tresen hervor.

Er dankte ihr und redete mit schwacher Stimme genauso mühsam, wie er sich auf den Stuhl gesetzt hatte. »Ich brauche ein Geschenk, bitte.«

»Suchen Sie etwas Bestimmtes?«, wollte Lior erfahren, aber der Mann reagierte nicht. Sein Blick schweifte durch den Laden. »Soll es ein Geschenk für einen Erwachsenen sein?«, fragte sie hinterher.

Kopfschüttelnd antwortete er: »Für meine Enkeltochter. Sie müsste nun sechs Jahre alt sein.« Lior bemerkte, dass eine Träne über seine Wange lief. »Nur einmal konnte ich sie sehen.« Er hielt einen Moment lang inne. »Aber jetzt bin ich hier und werde sie besuchen«, erzählte er weiter und tupfte sich die Augen mit einem bestickten

Taschentuch trocken.

Lior war sich jetzt sicher, dass schwere Zeiten hinter diesem Mann liegen mussten. Sie sah ihn mitfühlend an, während er in seine linke Manteltasche griff und ihr seine Hand entgegenstreckte, in der er sein Geld festhielt. Oje, Lior war schnell klar, dass dies für kein Geschenk aus *Lumis Bücherwelt* reichen würde. Sie erinnerte sich plötzlich an den einen Moment, als sie in den Zug nach Hause steigen wollte und dem Schaffner die wenigen Münzen in ihrer Hand für die Fahrkarte gereicht hatte. Auch das war viel zu wenig, aber zum Glück führte sie ihr Weg in Herrn Lumis Geschäft.

Sie überlegte also, wie sie ihm jetzt helfen könnte. Kurz darauf fiel ihr etwas ein, und sie suchte die zwei schönsten Spielsachen für ein Kind aus, die im Laden zum Verkauf standen.

»Wenn ihre Enkeltochter noch so klein ist, mag sie bestimmt eine Puppe haben, aber ich finde diesen Plüschbären sehr hübsch. Es ist der letzte, den wir noch haben, deswegen habe ich ihn direkt aus dem Schaufenster geholt.«

Der alte Mann betrachtete die beiden Gegenstände, zeigte auf das Stofftier und hob seinen Blick. Mit besorgter Stimme wollte er von Lior erfahren: »Reicht denn mein Geld dafür?«

»Ja, das genügt!«, erwiderte Lior, um ihm seine Sorgen zu nehmen. Seine Augen leuchteten und erschienen Lior auch jetzt wieder wie die eines Kindes, das sich über ein Geschenk freut.

Sofort umwickelte sie den Plüschbären, der eine grüne Schleife aus Samt um den Hals gebunden hatte, in glänzend goldenes Papier.

»Ihre Enkeltochter wird sich ganz bestimmt freuen«, versicherte Lior und reichte ihm die Tüte, in der das Geschenkpäckchen lag. Der Mann bedankte sich, legte das Geld neben die Kasse und setzte seinen Hut wieder auf.

»Nein, das ist nicht nötig. Ich möchte es ihnen schenken«, entgegnete Lior, ging um den Tresen herum und gab ihm das wenige Geld, das dieser Mann bei sich hatte, wieder zurück. Ungläubig starrte er sie an. »Es ist ein Weihnachtsgeschenk. Bitte nehmen Sie es an«, bestärkte ihn Lior.

Seine Hand am Gehstock zitterte etwas, und Lior befürchtete, er könnte draußen, wenn noch Glatteis lag, stürzen.

»Soll ich Sie begleiten?«, bot sie ihm zusätzlich an. Aber er antwortete nicht.

Der Mann sah nachdenklich auf die Tragetasche und schließlich wieder zu Lior. »Danke. Vielen Dank!« Er klopfte mit seinem Finger sanft auf ihren Arm und sprach mit rauer Stimme: »Ich habe großes Glück, dass ich Ihnen auf meinem Weg begegnen durfte.« Er neigte seinen Kopf und zog als Zeichen seiner Dankbarkeit sogar seinen Hut vor ihr. Lior erkannte, wie sehr er ihre Unterstützung schätzte und diese Geste mehr aussagte, als Worte hätten ausdrücken können.

»Sehr gern!«, erwiderte sie und sah noch mal aus der Tür. »Draußen ist es vermutlich noch glatt. Ich kann ein Stück Ihres Weges mitlaufen«, bot sie dem gebrechlichen Mann zum zweiten Mal an. »Wo müssen Sie denn hin?«

Der alte Mann schloss für einen Moment seine Augen und wirkte etwas verwirrt. *Vielleicht weiß er nicht mehr, wo er wohnt oder hört nicht mehr so gut?*, vermutete Lior. »Wo wohnen Sie? Wo ist Ihr Zuhause?«, hakte sie etwas lauter und interessiert nach.

Er legte seine Hand aufs Herz und öffnete wieder die Augen. »Mein Glaube ist mein Zuhause!«, beantwortete er ihre Frage. »Und ich habe nie aufgehört, daran zu glauben, meine Enkeltochter noch einmal wiederzusehen«, sagte er und schaute mit einem sanften Lächeln gen Himmel, als würde er nicht nur mit Lior sprechen.

»Ich freue mich sehr für Sie«, teilte sie ihm mit, aber sie sorgte sich dennoch um ihn. »Ich sollte besser ein paar Schritte mit Ihnen gehen, in Ordnung?« Herr Lumi würde das bestimmt befürworten, deswegen zweifelte sie nicht daran, das Richtige zu tun.

Doch der Mann lehnte ab. »Ich werde nicht fallen. Gott begleitet mich, somit bin ich nicht allein.«

Lior starrte ihn an und nickte. Da er *allein* weitergehen wollte, hielt sie ihm die Tür auf und entdeckte dabei winzige Schneeflocken, die durch den Nebel sichtbar und langsam vom Himmel auf die Erde fielen. Und als er *Lumis Bücherwelt* verließ, verabschiedete er sich mit den Worten: »Auf Wiedersehen. Gott beschütze Sie!«

Lior bedankte sich, und trotz der Kälte, die durch die offene Tür hinein drang, sah sie ihm so lange nach, bis er im Nebel verschwunden war. Dass sie ihm mit dem Geschenk geholfen hatte, freute sie sehr und hinterließ ein gutes Gefühl in ihrem Herzen. Sofort nahm sie sich ein Blatt Papier und schrieb die Summe auf, die Herr Lumi für das Stofftier bekommen müsste. Sie hörte ihn die Stufen der Wendeltreppe hinunterlaufen, hielt ihm den Zettel entgegen und berichtete sogleich, was geschehen war. Sonst würde er sich bestimmt über den fehlenden Betrag in der Kasse wundern.

»Sie können es von meinem Lohn abziehen. Heute habe ich leider kein Geld dabei.« Lior verwahrte ihres nämlich im Koffer, der im Schrank ihres Zimmers verstaut war, und verfügte inzwischen nicht nur über zwei Monatsgehälter, sondern sie sparte auch das Trinkgeld, welches sie hier bekommen hatte.

»Fräulein Lior!«, begann er zu sprechen. »Es macht mich stolz, ein Mädchen wie dich, die trotz ihres jungen Alters so weise handelt, in *Lumis Bücherwelt* beschäftigen zu dürfen.«

Er legte nun, wie der alte Mann es getan hatte, seine Hand auf die Brust. »Aber vielmehr macht es mich stolz, die Hoffnung zu haben, eines Tages – wenn Gott will – dich zu unserer Familie zählen zu dürfen.« Ganz verlegen sah sie ihn an und hoffte, dass er ihr heutiges Selbstgespräch nicht erwähnen würde. Doch dafür war es zu spät …

Herr Lumi weiß mit Sicherheit, dass ich Christian ins Herz geschlossen habe.

»Fräulein *Lior Lumi*!«, rief er lachend durch den Laden. »Das klingt wie Musik in meinen Ohren!«

Auch sie musste schmunzeln, war aber so verlegen, dass sie sich auf der Suche nach einer Beschäftigung hektisch umsah. Nur Sekunden später ging erneut die Eingangstür auf. Der Postbote war doch noch gekommen und lieferte das erwartete Päckchen aus. Herr Lumi nahm es ihm erleichtert ab und unterhielt sich mit ihm über das Wetter, während Lior sich den Staubwedel schnappte und nachdenklich zwischen den Bücherregalen hindurchschlenderte.

»Mein Glaube ist mein Zuhause«, wiederholte sie die Worte des alten Mannes. *Was meinte er damit? Kann ein Gefühl wie der Glaube*

an Gott einem Menschen die Geborgenheit eines Zuhauses geben?,
überlegte sie.

Wo ist eigentlich mein Zuhause?, fragte sie sich plötzlich. *Ist es bei Mutter? Aber warum hat sie mich dann weggeschickt? Gehöre ich hierher? Aber warum fühle ich mich dann nicht angekommen?*
Viele Fragen stellte sich Lior an diesem vernebelten Tag, die sie selbst dann nicht beantworten konnte, als sie wieder auf dem Weg zurück zum Heim war und der Nebel sich lichtete. Draußen verschwand die Glätte auf den Gehwegen, und der fallende Schnee legte sich Schicht für Schicht langsam darauf. Ein kleines Mädchen kam ihr entgegen und lief kichernd an ihr vorbei. Lior dachte an das Geschenk, das sie heute verpackt hatte, drehte sich um und sah ihr nach. Vielleicht war sie das Enkelkind, überlegte Lior, als ihr Blick auf ihre eigenen Schuhabdrücke fiel, die sich sichtbar auf dem Boden zeigten. Sie lief weiter und grübelte über den alten Mann nach, dessen Worte, genau wie die Abdrücke im Schnee, Spuren in Liors Gedanken hinterlassen hatten.

Unweit vom Heim stieg ihr ein wohliger Geruch in die Nase. Je näher sie dem kam, umso stärker wurde der Duft, der aus dem Fachwerkhaus strömte. *Agathi backt wieder*, freute sich Lior, klopfte an die rote Tür und las wie immer, wenn sie hier gestanden hatte, die Worte *EGO HIC DOMI*, die darüber geschrieben standen.

Die Tür ging auf, aber anstatt zu grüßen, blinzelte Lior nur mehrmals, da sie nicht glauben konnte, was sie vor sich sah. Isabell hielt genau denselben Plüschbären mit der grünen Schleife in den Händen, den Lior zuvor in *Lumis Bücherwelt* verpackt hatte, und schmiegte voller Stolz ihr Gesicht daran.

»Isabell!«, rief Lior völlig irritiert und sah ihre eisblauen Augen wie Diamanten funkeln.

»Lior, du wirst nicht erraten, wer Isabell heute besucht hat!«, fing Agathi aufgeregt an zu berichten. Das Mädchen lief mit ihrem Bären hüpfend zu den anderen Kindern ins Wohnzimmer, während Agathi weitersprach: »Isabells Großvater war hier! Der alte Mann hat einen langen Weg auf sich genommen, um sie noch einmal zu sehen, nachdem er sie nun fünf Jahre aus den Augen verloren hatte. Er hat mir erzählt, dass seine Tochter *fort* ist.« Auch Agathi verwendete nun lieber dieses Wort, als auszusprechen, dass jemand gestorben war.

»Meinst du Isabells Mutter?«, wollte Lior wissen.

»Ja. Und wo der Vater ist, wusste er nicht«, flüsterte Agathi so leise, dass Isabell es nicht mitbekommen konnte. »Ihr Großvater entschuldigte sich dafür, dass er nicht in der Lage sei, sich um Isabell zu kümmern. Seit vielen Jahren schon lebt er allein.« Agathi schüttelte langsam den Kopf. »Er sagte, er schäme sich, weil er erst jetzt erfahren hat, wo sich Isabell aufhält.« Lior hörte Agathi mit weit aufgerissenen Augen zu. »Du hättest ihn sehen sollen. Du würdest nicht glauben, wie glücklich er war, als er seine Enkeltochter endlich gesehen hat. Seine eisblauen Augen … wie die von Isabell.«

»Doch, ich glaube es«, erwiderte Lior lächelnd. »Ich kann es mir sogar sehr gut vorstellen!«

Agathi sah in Richtung des Wohnzimmers. »Obwohl es unmöglich ist, dass sie sich an ihn erinnern kann, war er Isabell nicht fremd!« Ihr Blick wieder auf Lior gerichtet, sprach Agathi weiter: »Isabell lächelte ihn an, als wusste sie genau, wer er war.«

Nun sahen beide zu dem Mädchen herüber, die vor dem Kaminofen saß und freudestrahlend mit ihrem Geschenk spielte. Nach einem kurzen Moment setzten sich Agathi und Lior an den großen Holztisch in der Küche. Gerade als Lior anfangen wollte, über die heutige Begegnung mit dem Mann zu berichten, stand Agathi auf, holte den Kuchen aus dem Ofen und setzte einen Wasserkessel auf die Herdplatte.

»Und weißt du, was seine letzten Worte waren, als er sich verabschiedete?«

Lior antwortete nicht, sondern wartete nur.

»Er sagte, sein Glaube hätte ihn hierhergeführt und nun könnte er mit der Gewissheit, dass Isabell in Sicherheit ist, in Frieden einschlafen.« Agathi schien davon sehr mitgenommen zu sein, denn sie nahm sich ein Taschentuch und tupfte sich vorsichtig über die Augen.

Lior erzählte Agathi nun, dass sie Isabells Großvater in *Lumis Bücherwelt* bedient hatte, aber sie behielt für sich, dass sie ihm kein Geld für die Ware berechnen wollte. Es reichte, wenn es nur Herr Lumi wusste, und Isabell sollte das Geschenk nur mit ihrem Opa in Verbindung bringen. Sie lächelte. »Und als ich ihm den Bären eingepackt hatte, bedankte er sich und nannte es Glück, dass er mir begegnet ist.«

Erst schien Agathi sprachlos zu sein, aber dann schaute sie Lior eindringlich an. »Ich bin sicher, dass Gott uns manchmal auf ungewöhnliche Weise den Weg weist. Das können Begegnungen oder auch Ereignisse sein, die uns schließlich in eine Richtung lenken, die wir eigentlich nicht gehen wollten.« Agathi ging auf Lior zu, die immer noch ihre Mütze auf dem Kopf hatte, und nahm diese ab.

»Selbst wenn dieser Weg erst steinig ist oder durch Umwege führt, befinden wir uns vielleicht am Ende da, wo wir sein sollen.«

Sie legte Liors Glücksmütze vor ihr auf den Tisch.
»Dieser Ort kann bei liebenden Menschen sein oder auch ein Ort, an dem man sein Glück finden kann. Wege führen nämlich nicht immer nur geradeaus.«
Lior hörte ihr aufmerksam zu, und Agathi sprach weiter, während sie den Tee einfüllte: »Und die kleinen Pfade, die wir gehen, machen uns erst zu dem Menschen, der wir sind.«
In diesem Augenblick überlegte Lior, wohin ihr eigener Weg noch führen würde, und als könnte Agathi ihre Gedanken wieder lesen, fuhr sie mit den Worten fort: »Wenn wir unserer inneren Stimme zuhören, können wir erfahren, ob wir uns vielleicht nur verirrt haben oder doch bereits angekommen sind. *Und der Glaube an Gott kann uns dabei helfen, auch den Abzweigungen im Leben zu vertrauen, um in allem, was uns auf dem Weg widerfährt, einen Sinn zu erkennen.«*
Diese Worte machten Lior sehr nachdenklich.
Sie deckte mit Agathi den Tisch, bis auch die anderen Kinder sich zu ihnen setzten. Später an diesem Abend, als alle in ihren Betten lagen, betete Lior vor dem Schlafengehen ganz still unter ihrer Decke – und das zum ersten Mal seit langer Zeit.

Sie hatte Gott darum gebeten, die Zeit, die dem alten Mann noch blieb, mit Frieden im Herzen zu leben. Sie betete, dass alle Kinder im Heim ihr Glück unter Agathis Dach finden und nie mehr Leid erfahren müssen.

Doch Lior hatte Gott um keinen Gefallen für sich selbst gebeten. Stattdessen vertraute sie darauf, dass er ihr den Weg *nach Hause* zeigen würde.

Mitten in der Nacht wurde Lior auf einmal bewusst, dass nur der Glaube ihr ausreichend Halt geben konnte. Glaube war, wie Hoffnung zu haben. So wie der alte Mann, der Gott als seinen Begleiter sah und sich, ohne Angst hinzufallen, an seinem Gehstock festhielt, so wollte sich auch Lior durch ihren Glauben stützen lassen.

Erschöpft vom Tag und all den Gedanken, versuchte sie, so aufmerksam wie möglich ihrer inneren Stimme zuzuhören. Doch Lior war so müde, dass sie schon kurz darauf einschlief und friedlich träumte. Sie sah sich in kindlicher Sorglosigkeit vor einem Haus sitzen, das rundherum mit Schneeglöckchen bepflanzt war. In ihrem Traum war Lior nicht mehr auf dem Weg, sondern fühlte sich angekommen, zufrieden und glücklich.

So glücklich, wie nur ein sorgloser Mensch es sein konnte.

Kapitel 11

EINE FRAGE DER ZEIT

Fiona, Arthur, Peter, Svea und Lior saßen gemeinsam am großen Küchentisch und sangen fröhliche Weihnachtslieder. Agathi bereitete duftenden Mandelmürbeteig vor, aus dem die Kinder Sterne, Herzen, Engel und Tannenbäume ausstachen. Einige Kekse waren schon im Ofen fertig gebacken und bunt verziert worden, aber viele blieben nicht übrig, da die Mädchen und Jungen nebenbei immer wieder davon naschten. Isabell half sowohl beim Ausstechen als auch beim Plätzchenessen fleißig mit. Obwohl sie immer noch kein einziges Wort gesprochen hatte, wirkte sie auf Lior heute wie ein ganz zufriedenes, glückliches Kind. Sie sah Isabell dabei zu, wie sie mit ihrem Plüschbären in einer Hand ihren Keks erst in die Schokolade tauchte und anschließend schnell aufaß, um sich gleich das nächste Plätzchen vom Blech zu nehmen.

Auch Lior strahlte und teilte die Freude aller Kinder am Tisch, doch seit einigen Tagen beschäftigte sie auch zunehmend der Gedanke, wie das Treffen mit Mutter wohl werden würde. Sie schaute auf den Kalender, der hinter Agathi an der Küchenwand hing. Es war schon Dienstag, der 22. Dezember, und sie wusste, dass es nur noch eine Frage der Zeit war, wann sie nach Hause ginge. Wenn sie jedoch ehrlich zu sich selbst war, konnte Lior nicht leugnen, dass sich ein Teil von ihr hier an diesem Ort, unter Agathis Dach, mittlerweile geborgen fühlte. Der andere Teil in ihrem Herzen wollte zurück zu ihrem Elternhaus, in ihr eigenes Zimmer, wo all ihre Bücher lagen, die Papa ihr von seinen Reisen mitgebracht hatte. In jedes der Bücher hatte er ihr eine kleine Widmung hineingeschrieben, und das machte sie für Lior so besonders. Ein anderer Grund aber, der ausschlaggebend dafür war, dass sie unbedingt zurückwollte, befand sich nur unweit ihres Zuhauses. Es war der Ort, wo sie ihren Papa am Grabe besuchen konnte. Und sie sehnte sich so sehr danach, ihm wieder ganz nah zu sein.

»Ist alles in Ordnung? Du siehst nachdenklich aus«, hörte sie Agathi fragen, da Lior immer noch in Gedanken vertieft in ihre Richtung geblickt hatte.

»Ja, alles gut«, antwortete Lior knapp und verzierte gleich darauf einen weiteren Keks mit Schokolade und bunten Zuckerstreuseln.

»Du darfst deine Gedanken gerne mit mir teilen«, bot ihr Agathi an, die so gut wie immer ein Gespür dafür hatte, wenn Lior etwas Wichtiges beschäftigte.

Nach einem stillen Moment erzählte Lior: »Ich habe schon lange keine Plätzchen mehr gebacken!«

Agathi stoppte damit, den Teig auszurollen, und sah sie fragend an. »Auch nicht zu Weihnachten?«

Leise erklärte Lior, während die Musik im Hintergrund lief und die anderen Kinder immer noch die Lieder mitsangen: »Doch, aber nur mit Oma. Seit Papa fort ist, wurde leider nie wieder ein Weihnachtsbaum aufgestellt, das Haus geschmückt oder überhaupt irgendetwas gefeiert. Mutter wollte das nicht mehr.«

Nachdenklich schaute Agathi Lior an, nickte dabei und rollte den

Teig wieder aus, den sie den Kindern zum Ausstechen reichte. Die Kinder waren so damit beschäftigt, die Plätzchen zu verzieren, dass sie kaum etwas von diesem Gespräch mitbekamen. Agathi neigte ihren Kopf näher zu Lior. »Ich verstehe, vergiss aber bitte nicht: Jeder Mensch, der trauert, sollte sich irgendwann wieder am Leben erfreuen können.« Agathi legte ihre Hand auf Liors Arm. »Es wird Zeit, dass du die Feiertage wieder genießt. Du darfst dich freuen und wieder glücklich sein! Das hätte sich dein Papa für dich und deine Mutter gewünscht.«

Als Agathi ihre Hand wieder sinken ließ und an ihrer Schürze abklopfte, hinterließ sie die Umrisse ihrer bemehlten Finger auf Liors Arm. Lior schmunzelte beim Anblick des Abdrucks. Agathi hatte zudem auch Spuren hinterlassen, die unsichtbar waren, dafür jedoch für immer in Liors Herzen bleiben würden.

»Du hast recht!«, antwortete Lior. Sie lächelte sanft und nahm sich in diesem Moment fest vor, von nun an nie wieder Feiertage wie Ostern oder Weihnachten traurig in ihrem Zimmer zu verbringen. Sie würde ihr Zuhause schmücken, Ostereier bunt bemalen, Plätzchen backen und das Osterfest sowie Weihnachten wieder richtig feiern. *Vielleicht kann ich Mutter sogar überreden, wieder einen Weihnachtsbaum aufzustellen? So, wie es mit Papa auch immer gewesen war.*

Aber wann kommt Mutter denn?, schwirrte es Lior durch den Kopf. Bis Heiligabend waren es nur noch zwei Tage. Heute oder morgen müsste sie hier sein, hoffte Lior, als es laut am Eingang des Hauses klopfte. Sogleich schauten alle Kinder aus dem verschneiten Küchenfenster, das sich auf der Seite der roten Tür befand. Draußen fielen immer noch dicke Schneeflocken vom Himmel und bedeckten die Dächer des ganzen Dorfes in ihrem friedvollen Weiß.

Einige Sekunden lang glaubte Lior, dass Mutter vielleicht geklopft hätte, doch dann rief Peter durch die Küche: »Der Briefträger sieht aus wie ein Schneemann!« Er rannte Agathi blitzschnell zur Haustür hinterher.

Verträumt stach Lior in der Zwischenzeit den ausgerollten Teig aus und legte das daraus geformte Herz auf das Blech. Mit Kribbeln im Bauch musste sie jetzt an den Brief zurückdenken, den ihr Christian erst vor wenigen Tagen zugeschickt hatte. Er berichtete darin, dass, sobald er wieder zu Hause sein würde, er in den ganzen Ferien seinem Vater im Geschäft aushelfen wolle.

Lior glaubte eher, er beabsichtigte damit nur, in ihrer Nähe zu sein, und lächelte vor sich hin, bis ihr schlechtes Gewissen sie einholte. Eine wichtige Sache verschwieg sie ihm nämlich. Und zwar, dass sie dann nicht mehr hier sein würde. Sie wollte Christian keineswegs belügen, sondern lediglich vermeiden, dass er es vor Agathi erfährt. Aber auch ihr hatte sie noch nichts von ihrem Plan, *nach Hause* zu gehen, erzählt. Agathi wusste nur, dass Mutter kurz vor Weihnachten zu Besuch kommen würde, also entschied sich Lior, erst mit Mutter die Heimreise zu besprechen. Ganz gewiss würde sich Agathi dann für sie freuen, war sich Lior sicher.

Peter kam zurück an den Tisch, doch Agathi blieb im Flur neben der Küchentür stehen. »Lior, kann ich dich kurz sprechen?«

Warum klingt sie auf einmal so ernst?, wunderte sich Lior. Ein Gefühl von Unwohlsein stieg in ihr auf.

»Was ist denn los?«, fragte Lior irritiert. »Ist etwas passiert?«

»Komm. Setzen wir uns auf das Sofa«, schlug Agathi vor und nahm ihre Backschürze ab. Lior folgte ihr und befürchtete, dass etwas nicht stimmte.

Agathi hielt einen Umschlag in der Hand.

»Der Brief, der soeben angekommen ist, war an mich adressiert, deswegen hatte ich ihn mit reinem Gewissen geöffnet. Darin liegt aber ein Schreiben von deiner Mutter an dich. Ich hatte nicht darauf geachtet, dass auch dein Name unter der Adresse notiert wurde.«

»Was steht da?«, fragte Lior mit nervöser Stimme. Agathi reichte ihr den geöffneten Umschlag. »Ich warte in der Küche, wenn du reden willst«, sagte sie, streichelte durch Liors Haare und gab ihr zum ersten Mal, seitdem Lior hier angekommen war, einen Kuss auf die Stirn, ehe sie das Wohnzimmer verließ.

Liors Blick wanderte zum Umschlag, den sie nun in ihren Händen hielt. Der Absender war Mutter. Aber die Adresse war nicht von ihrem Zuhause, sondern von dem Krankenhaus, in dem sie schon früher gearbeitet hatte und seit diesem Oktober wieder tätig war.

Diesmal erhielt Lior kein Telegramm, sondern einen handgeschriebenen Brief, den Mutter bereits vor mehreren Tagen verfasst hatte. Als sie zu lesen begann, wurde das Pochen in der Brust lauter und ein beklemmendes, angsterfülltes Gefühl kehrte zurück.

12. Dezember 1959

Liebe Lior,

leider kann ich mein Wort nicht halten und dich wie versprochen vor Weihnachten besuchen. Sowohl an den Feiertagen als auch an Neujahr werde ich im Krankenhaus arbeiten und muss daher unser Wiedersehen verschieben.
Verzeih mir und sei dir sicher, sobald ich Zeit gefunden habe, werde ich dir alles erklären und dir die Antworten geben, die ich dir schuldig bin.

Ich wünsche dir eine glückliche Zeit und frohe Weihnachten!

Deine Mutter

Liors Tränen tropften erst langsam und schließlich unaufhaltsam auf das Schreiben und verwischten die Tinte, mit der die Zeilen geschrieben wurden.

Ihr Herz fühlte sich heute wieder so gebrochen an wie an dem Tag, als sie in den Zug hierher steigen musste.

Was habe ich falsch gemacht, dass ich wie ein ungewolltes Kind abgegeben wurde? Warum behandelt Mutter mich so?

Jetzt wollte sie endlich eine richtige Antwort auf ihre Fragen haben.

Es wäre das Beste für Lior, hatte Mutter damals nur gesagt, aber diese Aussage reichte ihr nicht.

Entsetzt starrte sie auf den Brief und las erneut.

»Alles erklären?«, wiederholte sie. *Will Mutter mir etwa erklären, warum sie mich schon wieder im Stich gelassen hat?*, sprach Lior in Gedanken mit sich selbst. *Jetzt wünscht sie mir frohe Weihnachten?*

Selbst die Weihnachtsgrüße empfand Lior wie eine Demütigung.

Seit Jahren nimmt Mutter das Wort Weihnachten nicht mehr in den Mund, als wäre dieses Fest regelrecht aus dem Kalender gestrichen worden, und nun, wo ich weggegeben wurde, schreibt sie mir frohe Weihnachten?

Fassungslos starrte sie auf das Papier. Was Lior trotz der Enttäuschung auffiel, war, dass die Worte von Mutter ungewöhnlich formuliert waren. Sie klangen, als wäre sie tatsächlich mitfühlend. So war Mutter aber lange Zeit nicht mehr, und das überraschte Lior, änderte aber nichts daran, dass sich ihre Enttäuschung in Wut wandelte und sich durch Bauchschmerzen bemerkbar machte.

Der Zorn überdeckte jedoch nur kurzzeitig den Kummer. Sie weinte, bis das Blatt völlig durchnässte.

Fast drei Monate war Lior nun in diesem Heim, und in dieser ganzen Zeit hatte Mutter nur ein Telegramm und jetzt diesen Brief an sie gesendet. Auch wenn Agathi kein Telefon besaß, hätte Mutter eine Möglichkeit finden können, mit Lior in Kontakt zu treten. Aber außer diesen zwei kurzen Nachrichten kam nichts.

Lior fühlte sich schwach vor Machtlosigkeit. Ihr Plan war nun gescheitert. »Wenn Papa nur hier wäre …«, wünschte sie sich wispernd und vergrub ihr nasses Gesicht in den Händen. »Papa …«, wimmerte sie leise, doch so qualvoll, dass die Lücke, die er in ihrem Leben hinterlassen hatte, unendlich groß erscheinen ließ.

Eine warme Hand legte sich auf ihren Kopf, und Lior weinte nun noch mehr als zuvor. Agathi setzte sich und hielt sie tröstend im Arm. »Lior, ich bin für dich da! Wir sind alle für dich da«, versicherte sie ihr. »Ich verstehe deine Enttäuschung und bin überzeugt, deine Mutter wird Gründe dafür haben und dich, sobald sie kann, besuchen.«

»Du verstehst das nicht«, erwiderte Lior wispernd. Agathi wusste schließlich nichts davon, dass Lior fest entschlossen war, nach Hause zu gehen. Mitfühlend blieb Agathi neben Lior sitzen, bis ihre Tränen aufgebraucht schienen. Liors Augen waren rot, ihre Nase lief und ihr Kopf fühlte sich schwer wie Blei an.

Den Kindern in der Küche war es nicht entgangen, wie traurig Lior im Wohnzimmer saß, und kamen nun zu ihr.

»Ich weiß, wie du dich gerade fühlst«, sagte Fiona und reichte ihr ein Taschentuch.

»Ich auch«, fügte Svea mit bedrückter Stimme hinzu und streichelte ihre Schulter.

Arthur setzte sich neben Lior auf das blumig gemusterte Sofa und berichtete verständnisvoll: »Auch ich habe viel geweint.« Peter und Isabell sahen Lior schweigend an. In ihren Blicken erkannte sie jedoch, dass diese beiden ebenso nachempfinden konnten, wie es Lior in diesem Moment erging. Umgeben von Agathi und all diesen

Kindern, schien der Schmerz nach einiger Zeit etwas gelindert zu sein. Dafür war Lior dankbar. Sie blickte aus einem der Fenster und wünschte sich, ihr Leben wäre genauso friedvoll, wie es draußen durch den fallenden Schnee aussah.

An diesem Nachmittag fehlte Lior jegliche Lust, weiter Plätzchen zu verzieren, und ging stattdessen in ihr Zimmer. Ihren Koffer hatte sie in einem der Schränke verstaut, und die wenigen Sachen, die sie einst darin mitgenommen hatte, lagen inzwischen in einer Schublade.
Lior war allein im Raum und öffnete die Schranktür. Minutenlang starrte sie den Koffer an. Auch ihre Gehälter von Herrn Lumi lagen darin. Agathi hatte ihr zu Beginn ihrer Tätigkeit vorgeschlagen, ein Bankkonto zu eröffnen, aber Lior wollte dies erst mit Mutter besprechen, hatte sie damals geantwortet. Dies war aber nur eine Ausrede, da Lior unkompliziert über das Geld verfügen wollte, um darauf zurückzugreifen, sobald sie ihre Fahrkarte kaufen konnte. Nun beschäftigte sie dieser Gedanke wieder mehr denn je. *Soll ich auch ohne Mutters Zustimmung in den Zug nach Hause steigen?*
Die Zimmertür ging auf, und Isabell trat ein. Sie sah Lior ungewöhnlich lange an. So als würde auch sie ihr etwas sagen wollen. Aber sie sprach – wie erwartet – kein Wort. Isabell ahnte vielleicht, was Lior in diesem Augenblick durch den Kopf ging. Also verschloss sie schnell die Schranktüren, sodass der freie Blick auf ihr Gepäck versperrt wurde. Lior drehte sich zu ihr und dachte, selbst wenn sie es wüsste, verraten würde Isabell sie tragischerweise nicht.
Etwas später, als alle mit Agathi das Abendessen zu sich nahmen, war es am Tisch so still wie selten in diesem Haus. Arthur und Peter, die fast immer herumalberten, waren heute genauso ruhig wie Svea und Fiona.

Isabell schaute immer wieder zu Lior, als wollte sie sichergehen, dass es ihr wieder gutging. Aber Lior konnte ihr nicht in die Augen sehen.

»Kinder, da bald Heiligabend ist, habe ich mir überlegt, jemanden zu uns einzuladen!«, verkündete Agathi, die dem Anschein nach die Stimmung aufzulockern versuchte. »Weil Hector und Thea seit Beginn an unser Heim so großzügig unterstützen, wäre es angebracht, mit einem besinnlichen Essen unsere Dankbarkeit zu zeigen.« Agathi sah alle verwundert an, da keines der Kinder sich dazu freudig äußerte oder einfach nur glücklich strahlte, wie es heute Nachmittag beim Backen noch der Fall gewesen war.

Ahnen sie alle, was ich mir vorgenommen hatte?, wunderte sie sich. Oder war es das Mitgefühl der Kinder und sie waren ebenso wie Lior durch den Brief bedrückt?

Sobald alle ihr Abendbrot aufgegessen hatten, legten die Kinder eines nach dem anderen ihren Teller, das Besteck und ihre Tassen neben dem Spülbecken ab und gingen aus der Küche. Diese Woche hatte Lior Küchendienst. Nachdem sie beim Abwasch geholfen hatte, ließ sie Agathi wissen: »Ich bin sehr müde und gehe zu Bett.«

»Schlaf wird dir guttun«, erwiderte Agathi. »Und morgen ist ein neuer Tag. Du wirst sehen, dann fühlt es sich nicht mehr so schlimm an.«

Lior reagierte nicht und ging langsam die knarrenden Treppen hinauf, als Peter ihr eilig entgegen flitzte. Sie wich ihm aus, und als sie ganz nah an der Wand die Stufen am Treppengeländer hochgestiegen war, fiel ihr plötzlich etwas Eigenartiges auf. *Warum kommt kein Geräusch mehr?* Sie machte ein paar Schritte nach unten und wieder hinauf. »Aha!« Wenn sie ihren Fuß ganz rechts aufsetzte, knarzte das Holz nicht wie üblich.

Seit Stunden hatte Lior eine Frage im Kopf. Nun wusste sie, dass sie unbemerkt das Haus verlassen konnte, da die Holztreppe sie nicht mehr verraten würde. Da sich gerade alle Kinder sowie Agathi im Erdgeschoss aufhielten, nahm Lior den Koffer leise aus dem Schrank und warf ganz schnell ihre Kleidung hinein. Sie legte ihr Geld zusammen in einen Umschlag und verstaute alles wieder hinter der Schranktür.

Ihre Hände zitterten vor Aufregung, aber Lior war fest entschlossen, ihre Gedanken in Taten umzuwandeln. *Ich werde nach Hause gehen. Gleich morgen früh, wenn alle noch schlafen und bevor Herr Lumi im Geschäft ist, damit er mich nicht am Bahnsteig entdeckt. Schade ... ich hätte mich gern richtig verabschiedet. Von Herrn Lumi, von Agathi, den Kindern, Thea und von Christian.* Lior hoffte, dass er ihr weiterhin als Brieffreund erhalten bleiben würde ...

Dieser Abend und die ganze Nacht kamen ihr unendlich lang vor. Sie lag in ihrem Bett und schaute immer wieder auf die Wanduhr. Lior wusste durch die Schilder an der kleinen Bahnhofsstelle, dass täglich ein Zug genau um Punkt sechs Uhr in die Richtung fuhr, wo sie hinwollte.

Sie würde sich keinesfalls wieder von Mutter wegschicken lassen, sondern dort bleiben, wo ihr Zuhause war.

Trotzdem weinte sie, weil sie die Menschen, die sie hier so herzlich aufgenommen hatten, ohne ein Wort zurücklassen würde. *Wenigstens Danke hätte ich jedem Einzelnen noch sagen wollen.* Lior nahm sich also vor, ihnen zumindest von ihrem Elternhaus aus einen Brief zu schreiben. Jetzt – in diesem Moment – fehlte ihr die Kraft für die richtigen Worte, die sie ihnen hinterlassen könnte. Zu groß war der Schmerz, weil nun die Zeit gekommen war, von diesem Ort Abschied zu nehmen. Es schmerzte, da es auf diese Weise geschehen musste. *Hoffentlich werden sie es verstehen und mir verzeihen.* Lior war inzwischen wie eine große Schwester für die Kinder geworden und fühlte sich schuldig. *Lasse ich Svea, Fiona, Arthur, Peter und Isabell etwa im Stich?*

Liors Gedanken wollten trotz ihrer Müdigkeit nicht zur Ruhe kommen. Sie stieg aus ihrem Bett, setzte sich leise auf die Fensterbank und sah den Schneeflocken im Mondschein zu, wie sie tanzend auf dem Boden landeten. Durch die Schornsteine stieg der Dampf in den Himmel hinauf, und nur wenige Fenster leuchteten in der Dunkelheit. Der schöne Anblick wirkte auf Lior, als würden alle Menschen friedlich ruhen. Der Mond warf sein Licht durch das Zimmer und erhellte den Raum, sodass Lior erkannte, wie ruhig und tief Fiona, Svea und Isabell schliefen. Sie wünschte sich in diesem Moment nichts mehr, als dass alle Kinder dieser Welt und auch sie stets sorglos und friedlich einschlafen könnten.

Sie wünschte es sich so sehr, wie nur ein Mensch, der viel zu große Sorgen mit sich trug, es nachempfinden konnte.

Kapitel 12

AUF DEM WEG

Lior träumte noch, als ein gleichmäßiges, leises Ticken immer deutlicher wurde und sie schließlich aus dem Schlaf holte. Sie schlug ihre Augen auf. *Ich bin eingeschlafen! Habe ich den Zug verpasst?* Einen Wecker zu stellen, war ihr Aufgrund der Mädchen im Zimmer unmöglich gewesen. Kalte Schweißperlen sammelten sich auf ihrer Stirn, und noch vor Müdigkeit benommen, sah sie auf die tickende Wanduhr. Oje, es war schon kurz vor halb sechs, und in etwa dreißig Minuten würde der Zug abfahren. Lior könnte ihn nur noch erreichen, wenn sie sich jetzt blitzschnell beeilte. *Aber wenn ich mich hetze, laufe ich Gefahr, dabei laut zu sein. Vielleicht ist Agathi sogar schon wach.* Sie blickte in den Flur und atmete tief ein. Es roch allerdings nicht wie gewöhnlich nach frisch gebrühtem Kaffee oder Tee, und ein Licht im Haus schien auch nicht zu brennen. Demnach schlief Agathi vermutlich noch.

Lior setzte sich auf die Bettkante, nahm einen weiteren tiefen und ruhigen Atemzug, damit auf diese Weise die Aufregung weichen konnte, und sortierte zunächst ihre Gedanken. Gleich darauf griff sie nach ihrem Strickpullover und nach der restlichen Kleidung, die sie bereits gestern Abend zurechtgelegt hatte. Nachdem sie sich in

Windeseile umgezogen hatte, öffnete sie die große Schranktür. Svea bewegte sich plötzlich, und Lior blieb regungslos mit der Hand am Türgriff stehen. Beinahe in Zeitlupe machte Lior nur noch ganz vorsichtige Bewegungen. Mucksmäuschenstill nahm sie ihren bereits gepackten Koffer aus dem Schrank. Wegen der wenigen Sachen, die sie von zu Hause mitgenommen hatte, war dieser nicht schwer, und Lior setzte ihre Füße nun so behutsam wie möglich, einen vor den anderen auf den Boden, um das Zimmer zu verlassen. Es durfte bloß niemand aufwachen. Das machte Lior sehr nervös, sodass sie kurzzeitig nicht zu atmen wagte. Vorsichtig schob sie die Zimmertür weit genug auf und ging gerade hindurch, als sie wieder ein Kind hinter sich im Bett wälzen hörte. Erst wollte Lior sich nicht umdrehen, doch dann sah sie nach, indem sie nur ihren Kopf nach hinten bewegte. Alle schliefen noch zum Glück, und Isabell träumte sicherlich nur. Unruhig drehte sich das Mädchen wieder zur Fensterseite, während Liors Blick auf den Nachttisch neben ihrem Bett wanderte, in dem sie nie wieder schlafen würde. *Habe ich nichts vergessen?* Grübelnd starrte sie auf die Schublade.

Das Notizbuch! Wie konnte ich nur vergessen, es einzupacken?
Sie ärgerte sich innerlich und stellte ganz langsam den Koffer wieder ab, lief auf Zehenspitzen zur Kommode zurück und öffnete die Schublade, in der das Buch mit den kostbaren Erinnerungen noch gelegen hatte.

Nun musste sie sich aber wirklich beeilen. Lior stieg die Treppe hinunter und setzte ihre Füße nur seitlich an den einzigen nicht knarzenden Stellen auf. Vor Aufregung kam es ihr wie eine Ewigkeit vor, bis sie unten an der Garderobe angekommen war.

Eilig schlüpfte sie in ihre Stiefel, zog sich ihren Mantel über, wickelte einen Wollschal um ihren Hals und setzte sich ihre rote Mütze auf.

Hoffentlich würde diese ihr wieder Glück bringen, wünschte sich Lior und öffnete die Haustür, ohne sich noch ein letztes Mal umzudrehen. Mit der einen Hand am Koffer, hielt sie mit der anderen das Erinnerungsbuch von Oma fest und stapfte durch den frisch gefallenen, hohen Schnee, der sich vor der Haustür angehäuft hatte. Um sie herum war es ganz ruhig. Beinahe besinnlich. Nur das Knistern des Schnees unter ihren Schuhen war in diesem Moment der Erleichterung zu hören. Endlich, Lior hatte es geschafft.

Jetzt konnte sie nichts und niemand mehr davon abhalten, nach Hause zu gehen. Lior machte einen großen Schritt nach vorn, als sie ganz unerwartet ein Klopfen hinter sich hörte. Wie erstarrt blieb sie mit einem Bein ausgestreckt stehen. *Vielleicht war es nur Einbildung?* Sie wagte es nicht hinzusehen und machte stattdessen einen weiteren Schritt vorwärts, doch das Klopfen wiederholte sich. War es nur das Pochen ihres Herzens, das sie hörte? Um sicher zu sein, drehte sie sich ganz langsam zurück zum Heim. In keinem der Zimmer brannte Licht. Da war niemand. Und genau als Lior sich wieder abwenden wollte, hörte sie das Geräusch noch einmal. Sie schaute also genauer hin, von einem Fenster zum anderen, und erst dann entdeckte sie – Isabell, die Lior mit traurigem Gesichtsausdruck ansah.

Einige Sekunden lang überlegte Lior, ob sie nun wieder umkehren sollte, aber viel zu groß war die Sehnsucht nach ihrem Zuhause.

»Es tut mir leid«, wisperte sie und rannte mit tränenden Augen und so schnell ihre Füße sie durch den Schnee tragen konnten zur kleinen Bahnhofsstelle. Es war nicht mehr weit, und Lior hörte schon das Pfeifen des Zuges. Kurz darauf entdeckte sie wieder den Schaffner mit den Fahrkarten, dem sie bei ihrem ersten Versuch nach Hause zu fahren schon mal begegnet gewesen war.

»Halt! Ich will auch noch mit!«, schrie sie, ehe er die Türen schloss. Ganz außer Atem reichte sie ihm das Geld für die Fahrkarte und stieg mit dem Bild im Kopf, wie Isabell sie angesehen hatte, ein.

Die lauten Trillerpfeifen ertönten, und während Lior *Lumis Bücherwelt* hinterher blickte, fuhr der Zug bereits los. Sie setzte sich auf den ersten freien Platz, den sie entdeckte, stellte den Koffer neben sich und lehnte ihren Kopf müde zurück. Lior schloss ihre Augen, aber der Gedanke an Isabell, wie sie am Fenster gestanden hatte, wollte nicht vergehen. Von jetzt auf gleich stieg das merkwürdige Gefühl in ihr auf, dass irgendetwas fehlte. Irritiert öffnete sie wieder ihre Augen. *Was ist es?*, überlegte sie und schaute fragend um sich.

»O nein … mein Buch!«, rief sie im nächsten Augenblick erschrocken, stand schnell auf und lief suchend den Gang zwischen den Sitzen zurück. Aber auch hier lag es nicht. *Wo habe ich es nur verloren?* Wütend über sich selbst, drehte sie ihr Gesicht zum Fenster und weinte ganz still, bis sie vor Erschöpfung schließlich eingeschlafen war.

Lior träumte, wie Isabell sich traurig an Agathis Schulter lehnte, und sie sah auch Christian im Traum, der sie aufzuhalten versuchte. Du musst wieder aussteigen, hörte sie Christian sagen. Steig bitte aus …

Lior rieb sich die Augen.

»Türen schließen!«, hallte es laut durch den Gang. Lior erschrak und schaute irritiert aus dem Fenster. Sie begriff, dass sie tatsächlich zwölf Stationen durchweg geschlafen hatte. Es war nämlich genau die Bahnhofsstelle, an der sie vor drei Monaten eingestiegen war. Sie sprang auf und eilte durch die Tür hinaus, die sich unmittelbar nach ihrem Ausstieg wieder geschlossen hatte. Der Zug setzte seine Fahrt fort und rauschte an ihr vorbei.

All die Bäume, die damals goldenes Laub getragen hatten, waren auch hier kahl und mit Schnee bedeckt. Sie schob ihre Mütze zurecht und griff nach dem Koffer. Obwohl Lior jetzt glücklich sein sollte, *angekommen* zu sein, schmerzte nicht nur der Verlust ihres Buches, sondern auch der Gedanke an diejenigen, die von ihr ohne Abschied zurückgelassen worden waren. Daran durfte sie aber in ihrer momentanen Situation nicht weiterdenken. Orientierungslos blieb Lior inmitten der vielen Menschen stehen. *Wo muss ich langgehen?* Der Weg bis zu ihrem Elternhaus war lang, dennoch war er ihr halbwegs bekannt. Aber jetzt war sie so durcheinander und schien nicht mehr zu wissen, in welche Richtung sie gehen musste. Während sie überlegte, hoffte sie auch, dass Mutter zu Hause sein würde, um ihr die Tür zu öffnen. *Vielleicht arbeitet sie gerade im Krankenhaus?*

An einer befahrenen Straße angekommen, blieb sie ratlos stehen. *Muss ich nun nach links oder nach rechts?* Sie blickte den Fußgängern nach, die mit Weihnachtseinkäufen bepackt in beide Richtungen liefen. Da erinnerte sie sich, dass die Kirche mit dem hohen Turm ganz in der Nähe ihres Zuhauses gewesen war. Sie musste also nur jemanden fragen, wo sich diese befand, dann wäre der Weg für sie einfach zu finden. Gleich darauf sprach Lior eine Dame und einen Herrn an, die ein Kinderwagen vor sich herschoben.

»Entschuldigen Sie bitte, wie komme ich zur Kirche? Die mit der hohen Turmuhr?«

Das Paar sah Lior an, als hätten sie nicht mal Zeit, ihr eine kurze Antwort zu geben. Der Mann zeigte nur wortlos mit der Hand auf die rechte Seite der Straße. Lior bedankte sich höflich, aber die Leute beachteten sie nicht und gingen mit versteifter Miene weiter. Sie schüttelte den Kopf. *Warum können einige Menschen nicht einfach freundlich sein?* Immerhin wusste Lior jetzt, in welche Richtung sie gehen sollte, und dies tat sie dann auch. Sie war gerade erst einige Minuten unterwegs, da peitschte ein eisiger Wind ihrem Gesicht entgegen, sodass sie sich mit gesenktem Kopf und mit einer Hand an ihrer Mütze gegen die Kraft des Windes stemmte. Mühselig lief sie so lange weiter, bis der Koffer sich zu schwer anfühlte und Liors Arm schmerzte. Sie legte eine Pause ein, lehnte sich an eine Straßenlaterne und hörte plötzlich ein Glockenläuten. *Endlich!* Lior entdeckte aus der Ferne die hohe Kirchturmuhr. Glücklicherweise war es nicht mehr weit, und sie setzte ihren Weg fort. An der Kirche zitternd angekommen, überlegte Lior, ob sie vielleicht hineingehen sollte. Sie hatte gefroren, aber es war nicht nur die Hoffnung, dort Wärme zu finden, die Lior darüber nachdenken ließ, sich hineinzusetzen. Was es genau war, konnte sie nicht beschreiben, es war einfach nur ein Gefühl in ihr, dass sie es tun sollte. So betrat sie schließlich das Gotteshaus.

Mit erhobenem Blick bestaunte Lior die schönen, bunten Verzierungen an den großen Fenstern. Lange war es her, als sie zuletzt hier gewesen war. Sie schaute um sich. Außer ihr war kein Mensch zu sehen, aber dennoch fühlte sich Lior überhaupt nicht allein. Überall brannte Licht, und um die Bänke waren passend zur Adventszeit Schleifen und Kränze gebunden. Erschöpft setzte sie sich auf eine Bank. Langsam wurde ihr wärmer, und Lior dachte wieder darüber nach, wie Mutter sie empfangen würde.
Hoffentlich wird sie sich freuen, mich aufnehmen und nicht zurückschicken. Lior war froh, wieder in ihrem Zimmer schlafen zu können und ganz in der Nähe von Papa zu sein. *Gleich morgen früh werde ich zu seinem Grab gehen.* Lior schloss ihre Augen. Innerlich empfand sie eine stille, wohltuende Ruhe. Nach einer Weile richtete sie sich auf, um nun zu Mutter nach Hause zu gehen, doch ihr fiel ein kleiner Tisch mit vielen, kleinen Kerzen auf, wovon nur eine einzige

brannte. Dahinter war eine Bronzetafel an der Kirchenwand befestigt. Lior ging näher heran. Die Tafel erinnerte an all die Menschen, die im Krieg gefallen waren, aber die Kerzen wiederum erinnerten Lior daran, wie Papa einst gesagt hatte:

Wenn unsere Sorgen und Ängste zu groß sind, um diese mit Worten zu beschreiben, kann das Anzünden einer Kerze helfen, indem wir dabei Gott still um Hilfe bitten.

Vielleicht war ja genau diese Erinnerung der Grund, warum ich hier hineingehen wollte?, vermutete sie und entnahm sogleich etwas Geld aus ihrem Umschlag. Eine kleine Schale für eine freiwillige Spende stand in der Nähe, in die sie ein paar Münzen fallen ließ, bevor sie eine kleine Kerze in die Hand nahm. Auch wenn nur eine einzige auf dem Tisch brannte, reichte ihr Licht völlig aus, um auch ihres zum Leuchten zu bringen.

»Solange ein Mensch Hoffnung besitzt, erschafft er auch dort Licht, wo es dunkel ist«, flüsterte Lior und überlegte, für wen ihr Licht leuchten sollte.

Die kleine flackernde Flamme betrachtend, wünschte sie sich schließlich, dass kranke Menschen wieder gesund, dass Hungernde stets satt werden und dass Obdachlose ein Heim finden würden. Lior bat Gott heute auch um einen Gefallen für sich selbst. »Schenke mir bitte eine Hand, die schützend meine hält, mir all meine Sorgen nimmt und mir Geborgenheit gibt«, raunte sie der Kerze zu, ehe sie einen weiteren sehr wichtigen Wunsch in ihren Gedanken aussprach. Lior wünschte sich mit dem Licht in ihrer Hand, dass nie wieder und nirgendwo auf der Welt Kriege geführt und dafür immer Frieden herrschen sollte. »Frieden«, wiederholte sie mit geschlossenen

Augen und dachte nach langer Zeit wieder an einen innigen Moment mit Mutter zurück. Sie erklärte damals, aus welchem Grund die Familie ihr den Namen *Lior* gegeben hatte. Lior wurde nämlich in dem Jahr geboren, als der Krieg 1945 endlich ein Ende fand.

Nach all der dunklen Zeit herrschte endlich wieder Licht, sagte Mutter zu ihr.

Die Wärme der Kerze spürend, betete Lior still, dass Gott ihren Bitten nachgehen würde. Sie glaubte so sehr an dieses hoffnungsvolle Licht in ihrer Hand, wie nur ein Mensch, der zu Gott gefunden hatte, glauben konnte.

Kapitel 13

NACH HAUSE

Nur noch wenige Schritte bis zu Liors Elternhaus, dann war sie endlich angekommen. Mit glänzenden Augen sah sie zu dem Fenster ihres Zimmers hinauf, als sie wieder die gewohnten Stufen zum Haus betreten hatte. An der Haustür angekommen, hielt sie kurz inne, nahm einen tiefen Atemzug und klopfte an. Sie wartete aufgeregt, doch niemand öffnete. Ungeduldig klopfte sie nun etwas fester, aber Mutter schien nicht da zu sein, obwohl Licht in den Fenstern zu erkennen war. Lior stellte ihren Koffer vor ihren Füßen ab und setzte sich nachdenklich auf eine Stufe.

Soll ich zum Krankenhaus gehen und Mutter dort suchen oder lieber hier warten? Zum Glück hatte Lior den Umschlag mit der Adresse mitgenommen, den sie erst gestern erhalten hatte. Da hörte sie hinter sich, wie auf einmal die Tür aufging und eine kindliche Stimme fragte: »Wer bist du?«

Erschrocken sprang Lior auf und starrte den Jungen an der Tür verwirrt an. *Wer ist das?* Sie vernahm eine weitere Stimme aus dem Haus, die jedoch keinesfalls die ihrer Mutter sein konnte.

Sowohl der kleine Junge als auch Lior standen wie angewurzelt da, als die Frau mit der fremden Stimme hinzukam.

»Wo ist meine Mutter?«, platzte es aus Lior heraus. Ihr Herzklopfen wurde stärker. Anstatt zu antworten, betrachtete die Frau sie zunächst von oben bis unten. Der abwertende Blick führte von Liors Mütze bis hin zu ihren Stiefeln. Lior fühlte sich dadurch sehr unwohl und schaute zur Seite. Sie runzelte ungläubig die Stirn. Der Name auf dem Schild neben der Tür war ein anderer – und nicht mehr der *ihrer* Familie.

Ruckartig hatte die Frau den Jungen an seinem Arm zurück ins Haus gezogen und antwortete harsch: »Ich weiß nicht, wen Sie meinen. Nur wir wohnen hier!« Sie schloss die Tür, sodass nur noch ein Spalt offengeblieben war, wodurch sie Lior weiterhin unhöflich ansehen konnte.

»Aber das ist *unser* Haus! Warum wohnen Sie hier?«, fragte Lior mit bebenden Lippen.

»Das Haus gehört uns! Wir sind vor mehr als zwei Monaten eingezogen«, widersprach die Fremde mit scharfem Ton.

Bei diesen Worten wurde Lior schwindelig und sie musste sich am eisernen Geländer der Treppenstufen festhalten.

»Gehen Sie sofort von unserem Grundstück runter!«, befahl ihr die Frau und verschloss die Tür zu *Liors Elternhaus*.

Vor mehr als zwei Monaten?, ging es Lior durch den Kopf, und sie sah auf einmal nur noch schwarz vor Augen. Sie stolperte über ihren Koffer die Stufen hinunter und fiel genauso erniedrigt zu Boden, wie sie sich jetzt fühlte. Ihre Arme und ihr Rücken taten furchtbar weh, aber viel schlimmer schmerzte der Gedanke daran, dass ihr Zuhause nun jemand anderem gehörte. Entsetzt schüttelte sie ihren Kopf. *Was war nur geschehen?* Immer noch auf den kalten Pflastersteinen liegend, bemerkte sie, wie der kleine Junge sie mitleidig aus einem der Fenster ansah und seine Mutter neben ihm Lior mit bösem Gesichtsausdruck beobachtete.

Sie richtete sich auf, nahm ihre Glücksmütze und den Koffer, die neben ihr gelandet waren, und rannte los. Es existierte nur noch ein Ort, wo sie sein wollte.

Mit tränenüberströmtem Gesicht, müde und voller Angst lief sie zu der Stelle, die ihr nun Trost schenken sollte. Der Glockenturm am Friedhof läutete, es musste schon Mittag sein, und Lior hatte bisher weder etwas gegessen noch einen Schluck Wasser getrunken. Alles um sie herum drehte sich, aber anstatt sich hinzusetzen, lief Lior weiter, bis sie das Gefühl in den Beinen verlor und wieder hinfiel. Auf ihren Knien gelandet, sah sie aus der Entfernung, wie jemand am Grabe von Papa stand. *Wer könnte das sein?*

Der Perlenschmuck, der Mantel, der Hut. Sie sah genauer hin. Diese gerade Körperhaltung ließ Lior zweifellos wissen, dass es Mutter war.

Sie erhob sich vom Boden und lief langsamen Schrittes auf sie zu. Lior konnte ihre Gefühle nicht richtig beschreiben. Einerseits war sie froh, dass Mutter da war, aber viel größer war der Kummer, den sie soeben erlitten hatte. In ihrem Kopf kreisten viele Fragen, auf die sie jetzt Antworten haben wollte, doch hatte Lior das Gefühl, sie wäre in diesem Augenblick verstummt. Etwa drei Meter hinter Mutter blieb Lior stehen, ohne ein Wort zu sagen. Sie starrte vor sich hin, bis Mutter sich auf einmal umdrehte.

»Lior!«, rief sie überrascht und klang irgendwie erleichtert dabei. So, als hätte sie Lior gesucht oder sogar auf sie gewartet. Mutter trat einen Schritt auf sie zu, Lior dagegen machte einen Schritt zurück. »Ich ahnte, dass du hierherkommen wirst, Lior«, sagte sie mit zittriger Stimme. Nur ein paar Schritte standen beide voneinander entfernt, jedoch spürte Lior die große Distanz, die sich seit Jahren immer weiter zwischen ihnen ausgedehnt hatte. Mutter senkte ihren

Blick. »Heute früh, als ich im Krankenhaus war, erhielt ich ein Telegramm und erfuhr, dass du aus dem Heim weggelaufen bist.«

»Ich wollte nach Hause!«, schimpfte Lior mit schmerzerfüllter Stimme und sah sie dabei vorwurfsvoll an. »Warum wohnen diese Menschen in unserem Haus? Sag mir endlich, was los ist!« Lior stampfte mit dem Fuß auf. »Warum musste ich in ein Heim?«

Mutter hob ihren Kopf und nahm einen tiefen Atemzug, bevor sie etwas erwiderte. »Lior, deswegen musste ich dich wegschicken. Ich wollte nicht, dass du mit ansehen musst, wie wir unser Haus verlieren!« Sie holte ein besticktes Taschentuch aus ihrem schwarzen Mantel hervor, obwohl keine einzige Träne zu erkennen war, die getrocknet werden musste. Lange schien es für Lior so, als hätte Mutter seit Papa fort war, die Fähigkeit verloren, Gefühle durch Tränen auszudrücken.

Das kleine Stück Stoff in Mutters Händen war demnach für Liors feuchte Augen gedacht. Sie machte ein paar weitere Schritte auf sie zu, reichte Lior das bestickte Tuch und fuhr schließlich fort: »Als ich erfahren habe, dass wir gezwungen sind auszuziehen und eine Frist gesetzt wurde, zu wann das geschehen musste, wollte ich dich davor bewahren, das miterleben zu müssen. Ich schämte mich und schäme mich immer noch dafür«, erklärte Mutter und klang in diesem Moment ehrlicher als je zuvor.

Unfähig, darauf zu antworten, trocknete Lior ihr Gesicht und schüttelte ungläubig den Kopf. In all der Zeit, in der sie zurückwollte, hätte sie niemals damit gerechnet, dass sie bei ihrer Ankunft vor keinem Zuhause stehen würde. Sie ging stumm an Mutter vorbei und stellte sich an Papas Grab.

»Ich habe dich so vermisst«, flüsterte sie so leise, dass Mutter es nicht hören konnte. Lior vergrub ihr Gesicht in den Händen, und als würde ihr geliebter Papa neben ihr stehen, spürte sie die Wärme einer Hand auf ihrer Schulter und hörte den Klang seiner wundervollen Stimme:

»Ganz gleich, wohin dein Weg dich führt, ich werde dich stets begleiten. Da, wo du bist, werde auch ich immer sein.«

Mit aufgerissenen Augen fragte sich Lior, ob Papa tatsächlich zu ihr gesprochen hatte. *Konnte auch Mutter seine Stimme hören?*
Sie drehte sich zu ihr und erkannte auf den ersten Blick, dass dem nicht so war. Vielleicht hatte Lior Papas Stimme nur in ihren Gedanken gehört, dennoch änderte es nichts daran, dass sie ganz tief im Herzen spürte, dass er wirklich bei ihr war. Zu jeder Zeit und für immer.
»Komm mit mir«, bot Mutter an und nahm ihr den Koffer ab, um ihn an ihrer Stelle zu tragen. »Das Krankenhaus ist nicht weit. Dort habe ich ein kleines Zimmer.«
Schweigend liefen beide durch die Kälte, bis sie schließlich ein Gebäude neben dem Krankenhaus betraten. Mutter holte einen Schlüssel aus ihrer Handtasche und öffnete den Eingang, der zu einem kleinen Zimmer führte. »Hier lebe ich nun. Mehr kann ich mir im Moment nicht leisten, aber es ist gut genug, solange es warm ist.«
Zögerlich betrat Lior den Raum. *Wo kann ich jetzt noch hingehen?* Ihr eigenes Zimmer gehörte nun dem Jungen, der sie mitleidig angesehen hatte. Das Haus ihrer Familie existierte somit nur noch in ihren Erinnerungen.
»Da ich hier als Krankenschwester arbeite, wurde mir das Zimmer preiswert zur Verfügung gestellt, bis ich vielleicht irgendwann … etwas Größeres beziehen kann«, erklärte Mutter.
Das dunkle Zimmer mit den alten Vorhängen, in dem nur ein win-

ziges Fenster vorhanden war, hatte gerade mal genug Platz für das Bett, auf das Mutter sich setzte. Drumherum standen gestapelte Kartons, die Lior nachdenklich betrachtete.

»Das sind die Dinge, die ich noch mitnehmen konnte«, sagte Mutter und öffnete einen davon.

»Meine Bücher!«, rief Lior überrascht und sah, dass Mutter auch die Bilder ihrer Familie, die sonst im Wohnzimmer an der Wand hingen, in diesen Kisten aufbewahrte. Eine Fotografie, die Lior als Kleinkind zwischen ihren Eltern zeigte, hatte Mutter sogar auf den Nachttisch neben dem Bett aufgestellt.

»Deine Bücher wollte ich dir eigentlich noch zukommen lassen.« Mutter zog verkrampft die Ärmel ihrer Bluse nach unten. »Doch jetzt bist du ja hier, und ich kann dir zwar anbieten zu bleiben ...«, begann sie sich zu erklären und hielt dann inne. Erst nach einigen Sekunden setzte sie erneut an: »Aber wie du siehst, kann ich dir nicht das bieten, was du bei Agathi erwarten kannst.«

Mutter schien nicht zu begreifen, dass Liors Herz sich nach viel mehr sehnte als nur ein Zimmer oder ein Haus.

Keinen Ton gab Lior von sich und schaute Mutter nur an. Sie tat ihr leid. Nicht nur, weil sie jetzt in diesem kleinen Raum wohnte, sondern weil sie bereits zuvor schon die Freude am Leben verloren hatte. Lior fiel auf, dass Menschen, die Hoffnung besaßen, ein Funkeln wie das Licht einer Kerze in ihren Augen trugen. Mutter jedoch hatte diesen Glanz nicht. Ihr Blick wirkte auch heute leer.

So nahm sich Lior vor, auch für sie eine Kerze anzuzünden. Sie würde Gott darum bitten, dass Mutter irgendwann wieder ihr verloren gegangenes Lachen finden sollte.

Während Lior sich die Frage stellte, wo sie nun hingehörte, da ihr Zuhause nur noch aus Trümmern zu bestehen schien, erhob sich

Mutter vom Bett, kramte in einer Schublade und streckte Lior ihre Hand entgegen. »Hier hast du Geld, damit du dir etwas zu essen kaufen kannst. Ich muss gleich wieder auf die Station, weil ich meine Schicht heute früh unterbrochen habe.« Mutter redete, ohne Lior dabei anzusehen. »Gegen Mitternacht werde ich zurück sein. Ruhe dich aus. Morgen besprechen wir, wann du zurückgehst.«

Lior nahm das Geld nicht an. »Ich habe genug bei mir. Ich brauche nichts«, erwiderte sie. Und da Mutter davon sprach, wann es für Lior zurückgehen würde, hatte sie somit die Antwort auf ihre zuvor stumm gestellte Frage erhalten. Mutter hatte wohl nicht die Absicht, Lior darum zu bitten, bei ihr zu bleiben.

Von jemandem allein gelassen zu werden – der einem eigentlich die Welt bedeuten sollte –, ist eine bitterliche und schmerzliche Erkenntnis.

»Das Geld, das du bei dir hast, ist es dein Lohn, den du in der Buchhandlung verdient hast?«, fragte Mutter ganz plötzlich.

Woher weiß sie das? Ich habe es ihr nie erzählt.

Mutter erkannte Liors überraschten Blick und sprach weiter: »Ich hatte es von Agathi erfahren. Auf meine Bitte hin sollte sie mich ohne dein Wissen informieren, wie es dir in der Zwischenzeit ergangen war.«

»Warum? Warum sollte ich das nicht erfahren?« Lior verstand das einfach nicht und schüttelte energisch den Kopf. Mutter wich Liors Blick aus und drehte sich zur Fotografie auf der Kommode.

»Ich wollte damit vermeiden, dass du dir sinnlos Hoffnung machst, zurück nach Hause kommen zu können. Das Zuhause, das du gekannt hast, gibt es nicht mehr.« Mutter wandte sich ihr wieder zu.

»Sieh dich an, Lior … In diesen drei Monaten bist du zu einer jungen, erwachsenen Frau geworden. Es war besser für dich wegzugehen.«

Bei dem Wort *Hoffnung* erinnerte sich Lior an Herrn Lumis Geschichte über Wunder.

»Niemand kann mir meine Hoffnung nehmen!«, widersprach sie ihr, genau wie Herr Lumi es damals gegenüber dem Arzt getan hatte.

Ohne eine Reaktion zu zeigen, sah Mutter Lior schweigend an, ehe sie ihren Schwesternkittel aus dem Schrank holte. Mit einer Hand an der Tür und mit dem Rücken zu Lior blieb sie stehen. »Hoffnung zu haben, bringt nur Kummer. Unser Haus ist weg. Dein Vater lebt nicht mehr. Großmutter ist von uns gegangen, und das Einzige, was ich mir wünsche, ist dir einen Weg zu ermöglichen, glücklich zu werden … Ich werde es nicht mehr«, sagte sie bedrückt und schaute Lior ein letztes Mal an, bevor sie das Zimmer verließ.

Selbst nachdem Mutter fort war, stand Lior wie versteinert auf derselben Stelle. Nun wurde ihr endgültig klar, dass Mutter weder jetzt noch in Zukunft auf die Weise für sie da sein konnte, wie es ein Kind von einer Mutter erwarten durfte. Ungeachtet dessen, dass diese Erkenntnis schmerzte, empfand Lior keine Wut mehr. »Meine Vergangenheit wird nicht mein Schicksal besiegeln«, sprach sie ermutigend die Worte aus, die ihr Agathi einst eindringlich mitgegeben hatte. Lior wollte auf keinen Fall wie Mutter in Traurigkeit ersticken.

Und während Lior sich nun Gedanken darüber machte, wie sie ihren eigenen Weg gehen und einen Platz in dieser Welt finden könnte, setzte sie sich ratlos auf die Bettkante. Da spürte sie etwas in ihrer Manteltasche, das gegen ihren Oberschenkel drückte. Lior griff hinein und holte die kleine Schneekugel mit dem winzigen Häuschen darin heraus. Das Geschenk in den Händen haltend, schüttelte Lior die Kugel, und bei dem Anblick, wie sich das Weiß auf das Dach legte, weinte sie. Sie schloss ihre Augen und sah Agathi, Isabell, Fiona, Peter, Arthur und Svea vor sich. Auch an Herrn Lumi, an seine Frau Thea und vor allem an Christian dachte sie mit einem traurigen Lächeln im Gesicht zurück.

Dass sie alle sehr vermisste, spürte sie jetzt mehr denn je, und das Gefühl, dass sie ihr fehlten, war viel stärker, als sie zuvor hätte ahnen können.

Ja, Mutter hat recht, dachte Lior über ihre Worte nach. Aber nicht damit, dass Hoffnung nur Kummer bereitet, denn dies sah Lior ganz anders. Auch in Zukunft würde sie das hoffnungsvolle Licht in sich tragen wollen. Mutter hatte nur recht damit, dass es das Beste für sie gewesen ist, nicht mit anzusehen, wie man ihnen das Haus weggenommen hatte. Lior wurde bewusst: *Auch für Mutter muss es eine schreckliche Zeit gewesen sein …*

Sie öffnete die Seitentasche am Koffer, holte ihren Umschlag heraus und legte mehr als die Hälfte des Geldes, das sie bei Herrn Lumi verdient hatte, auf die Kommode neben dem Bild. In der Schublade hatte ein Stift gelegen, mit dem sie eine Nachricht auf einem Zettel hinterließ.

Mutter, das Geld ist für dich!

*Auch in Zukunft werde ich dich unterstützen, damit du
bald schon in eine Wohnung mit vielen Fenstern ziehen kannst.
Nach all der Dunkelheit in deinem Leben wünsche ich dir
endlich wieder Licht.*

Ich steige heute noch in den Zug.

Deine Lior

Sie legte den Stift zurück und war bereit zu gehen. Diesmal war es
kein kalter Abschied.

Kapitel 14

GALANTHUS

Minutenlang betrachtete Lior das eingerahmte Bild ihrer Familie. Dabei fiel ihr etwas auf. Mutter hatte darauf nicht nur ein gelb leuchtendes Kleid, sondern auch ein Lachen im Gesicht getragen. Damals hingen noch bunte Farben in ihrem Schrank, bevor sie zu Schwarz wechselte und es bis heute beibehalten hatte.

Die Notiz für Mutter hinterlegte Lior auf der kleinen Kommode und nahm dabei das eingerahmte Foto in die Hand. Erinnerungen wie diese waren wunderschön, und doch schmerzten sie zugleich. Beim Anblick dieser Fotografie spürte Lior, dass sie nun loslassen musste. Loslassen von der Erinnerung, wie Menschen einst waren, und verstehen, dass sie sich verändert hatten.

Also stellte Lior es zurück an seinen Platz und erinnerte sich wieder an ihr verloren gegangenes Notizbuch von Oma. Ihr Blick wanderte im nächsten Moment auf die gestapelten Kisten im Zimmer, und sie begann damit, nach Bildern zu suchen, die sie mitnehmen konnte, um ihre Familie auch auf diese Weise bei sich haben zu können. Eine Fotografie ihrer Großeltern und eine weitere, die Lior wieder mit ihren Eltern zeigte, entdeckte sie in einem der Umzugskartons.

Mutter würde ganz bestimmt nichts dagegen haben, wenn sie beide behalten würde, glaubte Lior und steckte diese ein, ehe sie die Tür hinter sich schloss.

Bevor sich Lior von dem übrigen Geld, das sie noch bei sich trug, eine Kleinigkeit zu essen und zu trinken gekauft hatte, führte ihr Weg wieder an der Kirche mit der Turmuhr vorbei. Heute ging sie zum zweiten Mal hinein, um wie vorgenommen auch für Mutter eine Kerze anzuzünden. Lior hatte in ihrem Brief kein Lebewohl gewünscht, da es keineswegs ein Abschied für immer sein sollte. Sie wollte es erreichen, Mutter aus dem dunklen Zimmer zu befreien, und war überzeugt davon, dass Papa sich das ebenso wünschen würde. Lior war sicher, dass es richtig war, Menschen in Not, so wie Mutter zu dieser Zeit, zur Seite zu stehen – wenn auch nur aus der Ferne. Inzwischen war sie bereits am Bahngleis angekommen und wartete auf den nächsten Zug, der erst in zwei Stunden einfahren sollte. Sie zitterte vor Kälte und entschied sich in Bewegung zu bleiben, bis der Zug endlich eingetroffen war. Viele Menschen drängten sich vor ihr hinein, und Lior stellte sich geduldig an, bis sie dem Schaffner ihr letztes Geld für die Fahrt überreichen konnte.

»Bis zur letzten Station«, teilte sie ihm mit und nahm ihre Fahrtkarte entgegen. Lior stieg ein und stellte fest, dass jeder Sitz, den sie sehen konnte, bereits besetzt war. All die Menschen, die ganz bestimmt die Feiertage mit ihren Liebsten verbringen wollten, trugen nicht nur Koffer mit sich, sondern auch viele verpackte Geschenkpäckchen, Pralinen, Wein und Gebäck, die zum Teil auf den übrigen, freien Plätzen gestapelt wurden.

Während sie auf die Geschenke starrte, klopfte Liors Gewissen an. Sie sorgte sich. *Hoffentlich habe ich die Freude der Kinder im Heim für das kommende Fest nicht durch mein Weglaufen zunichte gemacht.*

Mit diesem Gedanken lief Lior suchend durch die Gänge, mit der Hoffnung, dass Agathi und die Kinder ihr vergeben würden und das Glück zu haben, in dem überfüllten Zug einen unbesetzten Sitz zu finden. Aber auch in den nächsten Abteilen war kein einziger Platz für sie frei. Ihre Sorgen wurden größer. *Würde denn unter Agathis Dach noch der Platz für mich vorhanden sein, wenn ich zurückkehre?* Lior bahnte sich weiter ihren Weg durch den Zug, bis hin zum letzten Waggon und blieb stehen, als ihre Mütze zu Boden fiel. Sie schaute sie vorwurfsvoll an. »Es wird Zeit, dass du mir wieder Glück bringst!«, murmelte sie vor sich her, und weil ihr vor Erschöpfung nun nichts anderes übriggeblieben war, entschied sie sich, auf dem Boden Platz zu nehmen. Ihre Glücksmütze setzte sie wieder auf und schaute zunächst, wo sie sich wenigstens anlehnen könnte, da ihr Rücken von dem Sturz an den Treppenstufen immer noch schmerzte. Nur die Ecke, die für Gepäckstücke vorgesehen war, schien halbwegs geeignet zu sein, also setzte sie sich auf ihren Koffer und lehnte ihren Kopf müde zurück. Ihre schweren Augenlider fielen zu, während sich um sie herum Frauen und Männer lautstark unterhielten, die Kinder im Zug nörgelten oder lachten und einige sogar auf ihren Sitzen herumsprangen. Trotz des Lärms schlief Lior schnell ein und träumte auch heute von dem Haus, das von wunderschönen Schneeglöckchen umgeben gewesen war. Sie sah sich dort glücklich inmitten der Pflanzen im Garten stehen, doch war sie nicht allein. In ihrem Traum lächelte sie Kinder an, die fröhlich ihren Namen riefen. »Lior?«, hörte sie eine Stimme flüstern. »Lior, wach auf!« Ihre Augen noch fest verschlossen, spürte sie eine Hand, die ihre kalten Finger umfassten. *Träume ich noch?* Wieder rief die Stimme ihren Namen, und als sie ihre Lider langsam öffnete, sah sie ganz verschwommen, wie strahlend grüne Augen sie besorgt anblickten. Lior glaubte es nicht, wer vor ihr kniete, und kniff sogleich ihre Augenlider wieder fest zusammen, um diese anschließend weit zu öffnen. *Das ist zu schön, um wahr zu sein.* Verblüfft blickte sie in das Gesicht vor ihr.

»Christian!«, rief sie glücklich und drückte seine Hand, um sicher zu sein, dass es nicht nur ein Traum war.

Verwundert sah er sie an. »Aber was machst du denn hier?«, fragte er und half ihr auf die Beine.

Doch Lior beantwortete seine Frage nicht. Vor lauter Freude wollte sie ihn umarmen, da sie jetzt nicht mehr allein war. Sie dachte daran zurück, dass er wie angekündigt einen Tag vor Heiligabend vom Internat zurückkehren wollte. Und heute war der 23. Dezember.

Genau wie an dem Tag, als sie vor drei Monaten zum Heim gefahren war, war auch er wieder im selben Zug wie sie.

»Wie schön, dich zu sehen«, sagte sie erleichtert und legte ihre Arme um ihn.

Christian hielt sie fest an sich gedrückt. Dieser kurze Moment schenkte Lior auf unerklärliche Weise ein Gefühl von Sicherheit.

Er zeigte auf die zwei Sitze hinter dem gestapelten Gepäck. »Setz dich zu mir, Lior. Mein Platz ist gleich hier neben deinem Koffer.«

Ungläubig schüttelte Lior den Kopf. Sie hatte doch tatsächlich die Ecke neben ihm zum Ausruhen gewählt, aber da die vielen Reisetaschen zwischen ihnen gestapelt waren, hatte sie ihn nicht bemerkt.

Christian nahm seine Sachen vom Zugsessel und überließ ihr den Sitz neben dem Fenster. »Ich hatte meine ursprünglich geplante Fahrt verpasst, deswegen musste ich in diesen Zug steigen. Und als ich vorhin etwas aus meiner Tasche holen wollte, sah ich plötzlich eine rote Mütze«, erklärte er und lachte dabei mit erstauntem Gesichtsausdruck.

»Was für ein Glück!«, erwiderte Lior leise. Christian blickte auf ihre zitternden Hände. Sofort nahm er sein Jackett, das er über die Rückenlehne geworfen hatte, und legte es über ihre Schultern. Behutsam griff er nach ihrer Hand und hielt diese fest umschlossen.

»Lior, wo kommst du gerade her?«

»Von zu Hause. Aber …«, antwortete sie und merkte, wie ihre Stimme versagte.

Christian schaute sie wieder besorgt an. »Und wo willst du hin?«

Nach einem kurzen Augenblick sprach sie weiter: »Nach Hause.«

Er lächelte sanft und nickte. »Und genau da will ich auch hin! Wie gut, dass wir einen gemeinsamen Weg haben.«

Lior vertraute ihm schließlich an, warum sie heute früh heimlich weggelaufen war. Sie erzählte auch von ihrem lang gehegten Plan, Geld zu verdienen und das Heim zu verlassen, um wieder zu Hause zu sein. Und während sie weiterredete, erkannte Lior, dass durch ihre gemeinsame Brieffreundschaft das Gefühl bei ihr entstanden war, als würde sie sich mit jemanden unterhalten, den sie schon immer gekannt und zu dem sie Vertrauen hatte. »Ich habe Angst davor, dass Agathi mich nicht mehr aufnimmt.«

Christian rückte die verrutschte Jacke auf ihren Schultern zurecht. »Nein, das glaube ich nicht. Meine Familie und ich kennen sie seit vielen Jahren. Sie ist ein Mensch, der immer verzeiht. Du wirst sehen, es wird alles gut werden«, versicherte er ihr. »Außerdem bin ich sehr froh, dass du nicht fort bist. Ich hätte dich sehr vermisst.« Plötzlich sprang er von seinem Sitzplatz auf. »Ich möchte dir etwas zeigen.« Christian holte ein Notizbuch und zwei Päckchen aus seiner Reisetasche. »Weißt du, was für mich die wichtigste Stelle in einem Buch ist, wenn ich eine neue Geschichte schreibe?«

Lior zuckte mit den Schultern.

Er öffnete sein Notizbuch. »Der erste Satz! Mit den ersten Worten beginnt die Reise, und der Leser weiß bis dahin noch nicht, was alles geschehen wird. So ist es auch im wahren Leben, solange das Ende offen ist, können wir unsere eigene Geschichte schreiben. Tag für Tag.«

Sie schmunzelte, denn Lior hörte seiner Stimme gern zu. Christian wirkte beruhigend auf sie, und das gefiel ihr ganz besonders. Vielleicht sollte sie sich wirklich keine Sorgen machen, schließlich wusste sie nicht, wie dieser Abend noch enden würde. Alles war noch möglich.

»Magst du meinen ersten Satz hören? Ich möchte ihn dir gerne vorlesen.«

Sie nickte und wartete gespannt. Christian warf nur einen kurzen Blick in sein Buch hinein. Dann sah er Lior tief in die Augen. »Ich sehe etwas, was du nicht siehst, mit meiner Fantasie.« Und als er das Wort ›du‹ ausgesprochen hatte, tippte er sanft mit seinem Finger auf ihre Nasenspitze. Lior lächelte schüchtern.

»Du solltest auch schreiben, Lior. Mir hilft es immer dabei, wenn ich mal die Gedanken im Kopf nicht aussprechen kann. Dann schreibe ich diese auf, und es fühlt sich irgendwie befreiend an. Und Fantasie hast du mit Sicherheit genug!«, fügte er lachend hinzu. Er zeigte auf seine geschriebenen Worte. »Mit diesem Satz beginne ich jedes Mal.«

»Deine Worte klingen wundervoll«, lobte sie ihn. »Die Fantasie ist grenzenlos!«

»Das sehe ich auch so!«, stimmte er zu und tippte wieder mit seinem Finger auf ihre Nasenspitze.

So verlegen, wie an dem Tag, als er ihr in *Lumis Bücherwelt* ihre verlorene Glücksmütze gegeben hatte, senkte sie ihren Blick und hoffte, er würde ihre geröteten Wangen nicht bemerken.

Christian überreichte ihr die zwei Päckchen. »Heiligabend ist zwar erst morgen, aber ich will es dir jetzt schon schenken.«

»Für mich?«, wunderte sich Lior und hielt sich vor Staunen die Hände vor den Mund. Aufgeregt nahm sie die Geschenke entgegen und sah ihn fassungslos an.

Ein rubinrotes, mit Samt überzogenes Notizbuch holte sie aus dem Papier hervor. Glänzend goldene Verzierungen schmückten die Vorder- und Rückseite. »Es ist wunderschön!«, sagte Lior begeistert. Sie schlug es auf und las auf der ersten Seite den besonderen ersten Satz, den ihr Christian zuvor vorgelesen und auch hier als Widmung mit seinem Namen eingetragen hatte.

Nun öffnete sie auch das zweite Päckchen. In dem befand sich eine dunkelgrüne Schachtel, und Lior entdeckte darin, passend zum Buch, eine leuchtend rubinrote Schreibfeder. Auch eine kleine Flasche mit schwarzer Tinte, edles Briefpapier, rotes Wachs sowie ein Briefsiegel mit dem Initial L waren in der Schachtel eingepackt.

Mit Blick auf das verzierte Notizbuch erklärte Christian: »Hier ist genug Platz für deine erste eigene Geschichte, Gedichte oder einfach für deine Gedanken, die du mit dieser Feder aufschreiben kannst. Und wenn du mir einen Brief sendest, kannst du ihn mit dem Wachs und deinem persönlichen Siegel verschließen.«

Lior konnte es immer noch nicht fassen, welch Mühe Christian sich gemacht hatte, um sie durch diese mit Bedacht auserwählten Präsenten zu erfreuen. Sprachlos vor Glück horchte sie ihrer inneren Stimme. Ihr wurde bewusst, dass es jedoch nicht an den unbeschreiblich schönen Geschenken lag, dass es sich in ihrem Herzen so anfühlte, als könnte Christian zumindest für diesen Moment all ihren Kummer nehmen.

Wie kann das sein? Ein Lächeln von ihm reicht aus, und ich spüre keine Ängste und Sorgen mehr. Sie legte ihre Finger auf seine Hand. »Danke, Christian. Du bist ein guter Freund. Ich werde mich für immer und ewig an deinen Geschenken erfreuen!«, versprach sie ihm und fügte kurz darauf zerknirscht hinzu: »Leider habe ich nichts für dich …«

Christian ging mit seinem Gesicht näher an ihres heran. Nur noch ein kleines Stück trennte die zwei vor ihrem ersten Kuss. »Wenn es dir gefällt, ist es wie ein Geschenk für mich«, erwiderte er, und sie erkannte im Ausdruck seiner Augen, dass seine Worte tatsächlich so gemeint waren.

»Lehn dich an meine Schulter, wenn du magst!«, bot er ihr an. »Du bist bestimmt sehr müde.«

Lior schmunzelte. *Ja, Agathi hatte recht. Christian ist wahrhaftig ein gut erzogener junger Mann.*

Mit einem Gefühl wie Schmetterlinge im Bauch ruhte sie mit ihrem Kopf an Christians Schulter. Lior fühlte sich so geborgen wie lange nicht mehr. Neben ihm sitzend, verflogen die Stunden wie Minuten. Sie hätte noch viel länger mit ihm Zeit verbringen können, denn mit Christian an ihrer Seite fand das Glück zu ihr zurück.

An der letzten Station angekommen, standen beide von ihren Plätzen auf, und obwohl Christian sie auch jetzt anlächelte, glaubte Lior, dass auch er einen Abschied befürchtete. Lior hielt ihre Mütze in den Händen und sah besorgt zu ihm hoch.

»Was ist, wenn ich dennoch in ein anderes Heim gehen muss?«

Er drückte sie noch einmal fest an sich. Ehe Christian antwortete, nahm er ihr den roten Glücksbringer ab und setzte diesen fürsorglich auf ihren Kopf. »Selbst wenn sich unser Weg trennen sollte und wir uns deswegen aus den Augen verlieren, ich werde wieder zurück zu dir finden. So wie ich deine Mütze gefunden habe.«

Wortlos, aber dennoch dankbar wischte sich Lior eine Träne aus dem Gesicht. Sie griff nach ihrem Gepäck, doch Christian schüttelte den Kopf und nahm ihren sowie seinen Koffer in die Hände. Lior sollte keine Last mit sich tragen. Gemeinsam stiegen sie aus dem Zug.

Das Erste, was Lior auffiel, war das beleuchtete Schaufenster in *Lumis Bücherwelt*. Für gewöhnlich war das Geschäft um diese Uhrzeit längst geschlossen und die Lichter ausgeschaltet. Sie starrte auf das Schild über dem Bücherladen.

Wie schön es wäre, wenn ich weiterhin bei Herrn Lumi arbeiten dürfte, dachte Lior, als genau dieser aus der Tür getreten kam.

»Christian!«, rief Herr Lumi glücklich und winkte ihm zu. Lior lief hinter Christian, und als Herr Lumi ihnen ein paar Schritte entgegengekommen war, sah er überrascht zu ihr. »Lior?«

Sie lächelte ihn zunächst an, aber senkte schließlich ihren Blick.

»Fräulein Lior, dem Herrn sei Dank, dass du wohlauf bist«, sagte er erleichtert und richtete sich an seinen Sohn. »Mein Junge, wir haben uns schon gefragt, wo du geblieben bist.«

»Entschuldige, Vater, ich hatte den Zug verpasst und musste den nächsten nehmen, in dem auch zufällig Lior saß«, erklärte er ihm und zwinkerte ihr zu.

Verblüfft sah Herr Lumi beide abwechselnd an. Mit dem Kopf wippend und mit einem Grinsen im Gesicht antwortete er: »Dann sollte das wohl so sein!« Er wandte sich direkt an Lior und legte seine Hand auf ihren Arm. »Geht es dir gut?«

Sie nickte nur, vermied es aber, ihn dabei anzusehen.

Herr Lumi fuhr fort: »Ich schließe den Laden ab und bringe dich dann zu Agathi. Thea ist jetzt auch wieder dort. Sie blieb heute früh bei den Kindern, während Agathi dich suchte. Wir alle haben uns große Sorgen gemacht.« Lior wusste nicht, was sie antworten sollte, und blieb weiterhin still. Herr Lumi zeigte in die Richtung des Bücherladens. »Und Christian, der Weihnachtsbaum muss auch noch aufgestellt werden, ich habe es Agathi und den Kindern versprochen! Hilf mir bitte, die Tanne zum Auto zu tragen.«

Lior schämte sich für die Umstände, die sie allen bereitet hatte. Wortlos sah sie beiden zu, wie sie den eingewickelten Baum, der am Geschäft gelehnt stand, in die Hände nahmen, und folgte ihnen zum Auto.

Herr Lumi, der die Tanne zusammen mit Christian auf das Dach band, schaute zu ihr rüber. »Du hast nicht nur mir heute im Geschäft gefehlt. Fast alle Kunden haben nach dir gefragt. Es scheint, es kann sich kaum noch jemand *Lumis Bücherwelt* ohne dich vorstellen.«

»Es tut mir sehr leid, dass ich Sie alleine gelassen habe«, entschuldigte sich Lior.

»Ist schon gut, Thea kam für ein paar Stunden und hat mir wie in der guten alten Zeit unter die Arme gegriffen.« Herr Lumi nahm seinen Schlüssel aus dem Mantel, öffnete die Türen seines roten Autos und bot Lior an, als Erste einzusteigen. Er sah zu Christian rüber. »Bitte setz dich zu Lior, ich habe vorne auf dem Beifahrersitz etwas liegen.« Während der Fahrt hielt Christian die ganze Zeit lang Liors Hand, ohne dass es Herr Lumi, der damit beschäftigt war, ein Weihnachtslied im Radio mitzusingen, es bemerken konnte.

»Ach, den Baumschmuck muss ich noch mitnehmen!«, fiel Herrn Lumi auf einmal ein. »Das wird unser diesjähriges Geschenk für die gute Agathi. Und für die Kinder haben Thea und ich natürlich auch etwas Schönes, aber die Päckchen gibt es erst morgen!« Er lachte und versuchte vermutlich, Lior damit aufzumuntern. »So, dann halten wir noch kurz vor unserem Haus, und ich hole schnell die zwei Kisten mit den Weihnachtskugeln. Die Kinder können es nämlich kaum erwarten, die Tanne zu schmücken«, sprach er weiter, als er vor dem Backsteinhaus das Auto zum Stehen gebracht hatte.

Das Straßenschild, das trotz der Dunkelheit vom Mondschein hell erleuchtet wirkte, war Lior sofort aufgefallen. *Galanthusstraße*, las sie in Gedanken vertieft.

»Was bedeutet eigentlich Ga…«, begann sie leise zu fragen, aber da ging auch schon wieder die Tür auf und Herr Lumi stellte die zwei Kisten auf den Beifahrersitz.

Er setzte sich zurück an das Lenkrad, aber bevor er losfuhr, überreichte er Lior das kleine Päckchen, das zuvor noch vorn gelegen hatte. »Vielleicht kann ich dir damit ein Lächeln ins Gesicht zaubern. Warum bis morgen warten, wenn ich heute schon jemanden glücklich machen kann?«, sagte Herr Lumi mit herzlicher Stimme und wartete anscheinend darauf, dass Lior das Geschenk öffnete.

Mit feuchten Augen sah Lior zu Christian und wieder zurück zu Herrn Lumi. »Aber Herr Lumi, ich glaube nicht, dass ich es verdient habe, beschenkt zu werden …«

Sie wollte es ihm zurückgeben, als Herr Lumi erklärte: »Auf *dieses* Päckchen hatte ich gewartet, und zum Glück kam es pünktlich an, um dich damit zu überraschen. Es ist ein Weihnachtsgeschenk, Fräulein Lior, und Geschenke sollte man annehmen.«

Jetzt fühlte sie sich noch schuldiger als zuvor. Herr Lumi war einfach zu gütig. »In Ordnung. Vielen Dank, Herr Lumi!« Sie konnte nicht verstehen, wie freundlich er immer noch zu ihr war. Dankbar für seine Güte, packte sie das Geschenk aus, während er das Auto wieder startete.

Im Päckchen lag eine wunderschöne Porzellantasse, die Lior behutsam in die Hände nahm. Das Porzellan war blumig verziert und mit goldenem Tassenrand. Als sie ihr Geschenk genauer betrachtete, erkannte Lior, dass es kleine Schneeglöckchen waren, die diese Tasse so schön schmückten.

»Schneeglöckchen!«, sagte Lior verblüfft und dachte an ihren Traum zurück. »Es sieht bezaubernd schön aus!«

Aber noch bevor sie weitersprechen konnte, erklärte Herr Lumi freundlich: »Galanthus ist die Lieblingspflanze unserer Familie.«

»Galanthus?«, wiederholte Lior und sah Christian fragend an. »So heißt doch die Straße, in der ihr wohnt …«

Christian nickte. »Ja, und Galanthus bedeutet auch Schneeglöckchen.«

Lior starrte ihn mit aufgerissen Auge an, während Herr Lumi erzählte: »Und im Frühjahr, Fräulein Lior, blühen unzählige Schneeglöckchen um unser Haus herum. Deswegen wollte ich etwas schenken, was dich stets an uns erinnern wird.«

Seine Beschreibung glich genau dem Bild in ihren Träumen. In Gedanken sah sie sich wieder, wie sie glücklich vor einem Haus voller Galanthus gestanden hatte. *Wie kann das sein?* Erstaunt sah sie zu Christian, schmunzelte schließlich und drückte die Tasse an sich.

»Wir sind da«, sagte Herr Lumi, der gerade in die Gasse zum Fachwerkhaus von Agathi einbog. Lior schaute aus dem Autofenster. Alles an diesem Ort mochte sie. Die Menschen, mit denen sie Zeit verbracht hatte, die kleinen gepflasterten Gassen, die gemütlichen Häuser, aus deren Schornsteinen der Rauch in den Himmel stieg, der lebhafte Markt, die kleine Kirche, ihre Arbeit bei Herrn Lumi und auch Agathis Heim. Lior betete still. Von diesem Ort wollte sie nicht noch mal Abschied nehmen. Sie wollte so gern bleiben …

Christian schien zu merken, dass sie nervös war, und drückte sanft ihre Hand. Herr Lumi stieg aus und bat Christian sogleich, ihm beim Tragen der großen Nordmanntanne behilflich zu sein.

»Die Tanne ist ja riesig!«, bemerkte Christian.

»Sie war noch größer! Der junge Verkäufer hat den Baum sogar angeschnitten. Ein lustiger Kerl …«, sagte Herr Lumi. »Als er mir die Tanne geliefert hat, prahlte er damit, dass seine Weihnachtsbäume am längsten frisch bleiben und er zudem sogar riechen könnte, ob es an einem Tag regnen oder schneien würde.«

Und genau in dem Augenblick fiel nicht nur eine dicke Schneeflocke auf Liors Arm, sondern sie roch wieder den wunderbaren, typischen Apfelkuchenduft, der ihr bereits am ersten Tag im Heim in die Nase gestiegen war.

Lior stand hinter Christian, als Svea ihnen die Tür öffnete, doch sie schien Lior noch nicht bemerkt zu haben. Herr Lumi betrat mit Christian und der Tanne in deren Armen Agathis Haus, aber Lior traute sich noch nicht hineinzugehen. Da klopfte es an einem Fenster. Nach oben blickend, entdeckte sie wieder Isabell. Anfangs sah Isabell noch bedrückt zu ihr herunter, aber dann erwiderte sie Liors Lächeln.

»Lior! Lior ist zurück!«, jubelte Svea urplötzlich und stürmte mit ihren Hausschuhen nach draußen in den Schnee. Sie umklammerte Lior ganz fest. Auch Fiona, Arthur und Peter rannten auf sie zu. »Da bist du ja wieder!«, freute sich Arthur, und Lior bemerkte, wie er und Fiona sich die Augen trockneten. »Endlich«, flüsterte Fiona, und auch Peter freute sich über ihre Rückkehr. In diesem Moment begriff Lior, wie viel sie ihnen bedeutete, und genauso erkannte sie auch, wie sehr ihr die Kinder ans Herz gewachsen waren. Sie umarmten sich wie eine Familie, und Lior wurde ganz warm ums Herz. *Aber wo ist Agathi?* Liors Blick wanderte zum Küchenfenster, in dem Licht brannte.

»Lasst uns die Tanne schmücken!«, rief Herr Lumi den Kindern zu, und sogleich ließen sie von ihr ab und rannten zurück ins Haus.

Fiona drehte sich zu Lior. »Worauf wartest du, komm rein!«

Nervös betrat auch Lior nun das Heim. Dabei las sie wie jedes Mal die Schrift über der roten Tür. Isabell eilte die Treppen hinunter, und für einen ganz kurzen Augenblick schien es, als würde sie ihren Mund zu einem Wort formen wollen. Lior wartete, doch Isabell presste ihre Lippen wieder zusammen und umarmte Lior still. Das kleine Mädchen vergrub ihr Gesicht in Liors Armen, bevor sie mit ihrem Plüschbären ins Wohnzimmer lief, wo nun alle Kinder mit Herrn Lumi und Thea die große Tanne schmückten.

Christian schaute durch die Tür zu Lior. Er sagte zwar nichts, aber Lior wusste, er wollte ihr Mut machen.

Nachdem sie ihre Stiefel ausgezogen hatte, tauschte sie diese gegen die bequemen Hausschuhe, die ihr Agathi am ersten Tag im Heim überreicht hatte. Ihre Füße waren angeschwollen und schmerzten furchtbar vom heutigen zurückgelegten Weg. Aber in der Sekunde, als sie Agathi schweigend am Küchentisch sitzen sah, spürte Lior, wie sehr sie Agathi mit ihrem wortlosen Verschwinden verletzt und enttäuscht haben musste. So vergaß sie ihren eigenen Schmerz und hoffte, dass sie ihr vergeben würde.

Agathi drehte sich zu Lior. Ihre Augen glänzten, als hätte sie ein Meer aus Tränen geweint.

»Es tut mir unendlich leid …« Lior verstummte, als Agathi sich von ihrem Stuhl erhob. Sie wartete, doch Agathi sagte nichts.

Selbst wenn sie mich nicht mehr aufnimmt, ich wünsche mir, dass sie mir verzeiht.

Agathi machte schließlich einen Schritt auf Lior zu. »Uns alle ohne ein Wort zu verlassen, hat mich zutiefst verletzt. Es fühlt sich an, als hätten die Kinder ihre Schwester und ich meine Tochter verloren.«

Liors Lippen zitterten. *Agathi war so gut zu mir, wieso habe ich es nicht zu schätzen gewusst?* Mit einer Hand am Stuhl, auf dem sie jeden Tag neben Isabell gesessen hatte, stützte sich Lior ab. Einst dachte Lior, sie wäre hier am falschen Platz, aber nun fühlte sie die Bedeutung der Worte *EGO HIC DOMI* mehr denn je.

»Agathi, ich habe kein Zuhause mehr! Das Haus … ist weg.« Sie blickte zu Boden. »Ich glaubte, ich kann zurück in mein Zimmer, in der Nähe von Papa sein, aber jetzt liegt mein Wunsch, den ich seit meiner Ankunft hier hatte, in Trümmern.«

Agathi öffnete eine Schublade unter der Küchenzeile und reichte Lior ein Buch.

»Es lag draußen im Schnee. Isabell hat es heute in der Früh gefunden. Der Einband ist völlig durchnässt gewesen, also habe ich mir vorgenommen, deine Erinnerungen darin mit einem Schutzumschlag von Herrn Lumi neu einbinden zu lassen.«

Lior nahm das Notizbuch in die Hand und konnte nicht fassen, welches Glück sie wieder hatte. Ihr Familienerbstück war nicht verloren. Sie blätterte darin und stellte fest, dass alles unversehrt geblieben war. Kein Bild war durch die Nässe unkenntlich geworden, und selbst die Schrift war genau wie zuvor.

Agathi machte einen weiteren Schritt auf sie zu und legte ihre Hand auf das Buch. »Lior, so wie ein neuer Einband nichts am Inhalt ändern wird, aber dennoch deinen Erinnerungen genug Schutz bietet, so kann ich dir versprechen, dass mein Heim zwar nicht dein Elternhaus ersetzt, aber du hier, bei mir, immer in Sicherheit sein wirst.« Agathi fasste nun mit beiden Händen Lior an den Schultern.

»Selbst aus den Trümmern unseres Herzens lässt sich ein neues Zuhause erschaffen. Es ist der Ort in uns selbst.«

Sie tippte mit dem Finger auf Liors Herz.

»Wenn wir im Garten unseres Herzens Liebe wachsen lassen, wächst ein Zuhause in uns.«

Schweigend, aber zutiefst dankbar blickte Lior zu ihr hoch.

Und als die gute Agathi Lior endlich in die Arme schloss, weinte Lior so sehr, wie nur ein Kind in den Armen seiner Eltern weinen konnte.

Diesmal waren es aber keine Tränen der Trauer. Es waren Tränen der Freude. Denn genau hier, an diesem Ort, war Lior zu Hause angekommen.

EPILOG

Lior Lumi hörte die Kinder aus der Nachbarschaft, wie sie fröhlich in der Galanthusstraße spielten. Sie erhob sich aus ihrem gemütlichen, grünen Samtsessel, blickte aus dem Fenster und sah ihnen mit einem Lächeln im Gesicht eine ganze Weile zu. *Welch Glück sie doch alle haben, so frei und ausgelassen ihre Zeit zu verbringen – genau so, wie Kinder es auch stets tun sollten.*

Talvi, der nebenan wohnte, schien Lior entdeckt zu haben und winkte ihr lachend zu. »Frau Lumi!«, rief er so laut, dass sie seine Stimme klar und deutlich selbst durch das verschlossene Fenster hören konnte. Er rannte mit seiner grünen Wollmütze auf dem Kopf einem Spielball hinterher und winkte noch einmal, ehe er mit den Nachbarskindern Liya und Isa weiterspielte.

Lächelnd sah sie ihrem liebsten Nachbarskind nach und freute sich für ihn, so gute Freunde in der Galanthusstraße gefunden zu haben. Ihr Blick fiel auf die Sprossen ihres Fensters. Die winzigen Eiskristalle, die sich darauf befanden, kündigten den Winter an. Lior freute sich auf die besinnliche, verschneite Zeit, aber auch auf kommendes

Frühjahr. Denn wenn der Galanthus wieder um das Haus herum blühen würde, erwartete sie ganz besonderen Besuch.

Nachdenklich lehnte sich Lior wieder zurück in ihren Sessel. Beim Anblick ihrer Lieblingstasse dachte sie daran, wie schnell doch die Zeit vergangen war. Es kam ihr vor, als wäre es gar nicht so lange her, als sie diese mit Schneeglöckchen verzierte Porzellantasse geschenkt bekommen hatte. *Zeit ist doch wahrhaftig etwas sehr Kostbares.* Und jeden neuen Tag empfand Lior wie ein Geschenk. Langsam trank sie den frisch aufgebrühten Apfeltee und nahm das Buch, welches neben ihr lag, in die Hand. Es war das rote, samtüberzogene Notizbuch, das sie vor vielen Jahren von ihrem Mann Christian geschenkt bekommen hatte. Da hatten sie sich gerade erst richtig kennengelernt. Nie würde sie diesen Tag vergessen – den Tag, an dem Lior endlich den Weg nach Hause fand.

Sie schlug eine Seite im Buch auf. Wort für Wort las sie die Zeilen, die sie einst mit der roten Schreibfeder hineingeschrieben hatte. Lior lächelte zufrieden. Welch Glück sie doch besaß, hier an diesem Ort zu sein.

Ich sehe etwas, was du nicht siehst, mit meiner Fantasie...

Einen Ort, an dem Kummer und Sorgen verwehen.
Einen Ort, wo Wunder geschehen.
Einen Ort, der mich in Geborgenheit wiegt.
Einen Ort, wo Gerechtigkeit siegt.
Einen Ort, an dem Freude und Liebe nie vergehen.
Einen Ort, wo sich Menschen aller Farben verstehen.
Einen Ort, der meinem Herzen Wärme schenkt.
Einen Ort, der mich stets zurück in seine Richtung lenkt.
Einen Ort, wo niemals Kriege beginnen.
Einen Ort, wo auch Verlierer wieder gewinnen.
Einen Ort, wo das Glück sich teilt und zu jedem findet.
Einen Ort, wo man Ängste überwindet.
Einen Ort, wo die Menschen, die ich liebe, bei mir sind.
Einen Ort, wo ich lachen kann – wie ein Kind.
Einen Ort, wo Hoffnung und Glaube die Dunkelheit erhellt.
Einen Ort, wo Frieden herrscht – für die ganze Welt.

Dieser Ort ist mein Zuhause. Und mein Zuhause bin ich.

- Lior -

TABEA BOLDT

Tabea Boldt, die bereits im Kindesalter ihre Kreativität auf Papier, grafisch oder auf Leinwänden ausgelebt hat, beschloss im Jahr 2022 ihrer Leidenschaft auch beruflich zu folgen und gründete somit ihr Unternehmen *Bealin*. Als großer Fan von Ästhetik und moderner Kunst spiegelt sich ihre Begeisterung in ihren Kunstprojekten wider.

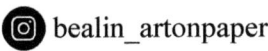 bealin_artonpaper    www.bealin-art.de

 bealin.art@gmail.com

DANKSAGUNG

von

VIKTORIA NERGIZ

Mein größter Dank gilt dem wahren Reichtum meines Lebens
**– meinen wunderbaren Kindern, die mich zu einem
besseren Menschen machen & meinem Ehemann.
Du besitze die Hand, die unsere schützend hält.**

Auch bei folgenden lieben Menschen möchte ich
mich aus ganzem Herzen bedanken:

Hani
meine bezaubernde Schwägerin, die mich jederzeit und
bedingungslos unterstützt. Du bist die beste Patentante,
die man sich für seine Kinder wünschen könnte.

Swetlana Brox
für die Antworten auf alle meine Fragen und das
schonungslos ehrliche Feedback, welches mir bereits
bei der Entstehung meines ersten Buchs sehr geholfen hat.

Anna Keller-Keith (www.schoolofstories.de),
die mich zu Beginn meiner Reise mit
wertvollen Ratschlägen begleitet hat.

Tabea Boldt (www.bealin-art.de),
die Lior nicht hätte schöner zeichnen können und meine Geschichte
mit ihrer Liebe zur Kunst vollkommen gemacht hat.

Annika und Svea (www.du-ich-lektorat.de)
für die herrlich unkomplizierte Zusammenarbeit und die professionelle
Unterstützung, die mich als Schriftstellerin hat weiterwachsen lassen.

Lisa Boffenmayer (www.lb-va.de)
für die wunderbare Kommunikation, das hervorragende Korrektorat und
den perfekten Feinschliff. Du warst mir eine großartige Unterstützung.

Tobi Bergmann (www.papiergestalt.de)
für das tolle Layout und die Cover-Gestaltung, sowie seinen
nimmermüden Einsatz im Sinne der visuellen Gefälligkeit.

Und natürlich Danke an all diejenigen, die Liors Geschichte gelesen
haben und mir ein paar liebe Worte in Form einer Rezension auf
einem Portal ihrer Wahl hinterlassen möchten.

Talvis Weihnachten

Keine Geschenke – und doch so viele

Viktoria Nergiz

Weihnachten steht vor der Tür und Talvi soll kein einziges Geschenk bekommen? Na, das ist ja eine schöne Bescherung!

Und das nur, weil seine Eltern den wahren Sinn von Weihnachten feiern wollen. Dabei liegt der doch immer bunt verpackt unterm Weihnachtsbaum!

Talvi will Weihnachten retten und versucht alles, um Mama und Papa umzustimmen. Er lässt sich sogar auf die unsinnige Aufgabe ein, einen Dankbarkeitszettel zu schreiben. Aber wofür soll Talvi überhaupt dankbar sein, wenn er nichts geschenkt bekommt?

Gut, dass es Menschen um ihn herum gibt, die ihm bei dieser schwierigen Aufgabe zur Seite stehen: Oma und Opa, die bezaubernde Frau Lumi von nebenan und Isa und Liya, die gerade erst in die Galanthusstraße gezogen sind – merkwürdigerweise fast ohne Kartons oder Gepäck.

Werden sie Talvi helfen können, Weihnachten zu retten?

„Weihnachten erinnert die Menschen daran, gut zueinander zu sein! Nicht nur zum Fest, sondern jeden Tag.“

Lesealter: ab 8 Jahre

Taschenbuch
196 Seiten
Abmessungen: 15,5 x 1,3 x 22 cm
Herausgeber: BoD-Books on Demand
ISBN: 978-3757891954

Gebundenes Buch
196 Seiten
Abmessungen: 16 x 1,8 x 22,6 cm
Herausgeber: BoD-Books on Demand
ISBN: 978-3757891169

eBook
Herausgeber: BoD-Books on Demand

Hörbuch
Gesprochen von Lars Wasserthal
Herausgeber: BoD-Books on Demand